꽃잎

꽃잎

김수영

이영준 엮음

金洙暎

차례

꽃잎

1

누구한테 머리를 숙일까
사람이 아닌 평범한 것에
많이는 아니고 조금
벼를 터는 마당에서 바람도 안 부는데
옥수수잎이 흔들리듯 그렇게 조금

바람의 고개는 자기가 일어서는 줄
모르고 자기가 가 닿는 언덕을
모르고 거룩한 산에 가 닿기
전에는 즐거움을 모르고 조금
안 즐거움이 꽃으로 되어도
그저 조금 꺼졌다 깨어나고

언뜻 보기엔 임종의 생명 같고
바위를 뭉개고 떨어져내릴
한 잎의 꽃잎 같고
혁명 같고
먼저 떨어져내린 큰 바위 같고
나중에 떨어진 작은 꽃잎 같고

나중에 떨어져내린 작은 꽃잎 같고

(1967. 5. 2)

2

꽃을 주세요 우리의 고뇌를 위해서
꽃을 주세요 뜻밖의 일을 위해서
꽃을 주세요 아까와는 다른 시간을 위해서

노란 꽃을 주세요 금이 간 꽃을
노란 꽃을 주세요 하얘져 가는 꽃을
노란 꽃을 주세요 넓어져 가는 소란을

노란 꽃을 받으세요 원수를 지우기 위해서
노란 꽃을 받으세요 우리가 아닌 것을 위해서
노란 꽃을 받으세요 거룩한 우연을 위해서

꽃을 찾기 전의 것을 잊어버리세요
　　꽃의 글자가 비뚤어지지 않게
꽃을 찾기 전의 것을 잊어버리세요
　　꽃의 소음이 바로 들어오게

꽃을 찾기 전의 것을 잊어버리세요
　　꽃의 글자가 다시 비뚤어지게

내 말을 믿으세요 노란 꽃을
못 보는 글자를 믿으세요 노란 꽃을
떨리는 글자를 믿으세요 노란 꽃을
영원히 떨리면서 빼먹은 모든 꽃잎을 믿으세요
보기 싫은 노란 꽃을

(1967. 5. 7)

3

순자야 너는 꽃과 더워져 가는 화원의
초록빛과 초록빛의 너무나 빠른 변화에
놀라 잠시 찾아오기를 그친 벌과 나비의
소식을 완성하고

우주의 완성을 건 한 자(字)의 생명의
귀추를 지연시키고
소녀가 무엇인지를
소녀는 나이를 초월한 것임을

너는 어린애가 아님을
너는 어른도 아님을
꽃도 장미도 어제 떨어진 꽃잎도
아니고
떨어져 물 위에서 썩은 꽃잎이라도 좋고
썩는 빛이 황금빛에 닮은 것이 순자야
너 때문이고
너는 내 웃음을 받지 않고
어린 너는 나의 전모를 알고 있는 듯
야아 순자야 깜찍하고나
너 혼자서 깜찍하고나
네가 물리친 썩은 문명의 두께
멀고도 가까운 그 어마어마한 낭비
그 낭비에 대항한다고 소모한
그 몇 갑절의 공허한 투자
대한민국의 전재산인 나의 온 정신을
너는 비웃는다

너는 열네 살 우리집에 고용을 살러 온 지
3일이 되는지 5일이 되는지 그러나 너와 내가
접한 시간은 단 몇 분이 안 되지 그런데
어떻게 알았느냐 나의 방대한 낭비와 난센스와

허위를
나의 못 보는 눈을 나의 둔갑한 영혼을
나의 애인 없는 더러운 고독을
나의 대대로 물려받은 음탕한 전통을

꽃과 더워져 가는 화원의
꽃과 더러워져 가는 화원의
초록빛과 초록빛의 너무나 빠른 변화에
놀라 오늘도 찾아오지 않는 벌과 나비의
소식을 더 완성하기까지

캄캄한 소식의 실낱 같은 완성
실낱 같은 여름날이여
너무 간단해서 어처구니없이 웃는
너무 어처구니없이 간단한 진리에 웃는
너무 진리가 어처구니없이 간단해서 웃는
실낱 같은 여름 바람의 아우성이여
실낱 같은 여름 풀의 아우성이여
너무 쉬운 하얀 풀의 아우성이여

(1967. 5. 30)

노란 꽃을 주세요 하애줘 가는 꽃을

노란 꽃을 주세요 너버어줘 가는 소란을

노란 꽃을 받으세요 원수를 지우기 위해서

노란 꽃을 받으세요 우리가 안 것을 위해서

노란 꽃을 받으세요 거룩한 偶然을 위해서

꽃을 찾기 전의 것을 잊어 버리세요

나의 꽃의 글자가 비뚤에 지지 않게

꽃을 찾기 전의 것을 잊어 버리세요

꽃잎

金洙暎

꽃을
주세요
우리의
뜻을
위해서

꽃을
주세요
뜻밖의
일을
위해서

꽃을
주세요
아까와는
다른
時間을
위해서

노란
꽃을
주세요
그리고
간
꽃을

구라중화(九羅重花)

— 어느 소녀에게 물어보니 너의 이름은 글라디올러스라고

저것이야말로 꽃이 아닐 것이다
저것이야말로 물도 아닐 것이다

눈에 걸리는 마지막 물건이 무엇이냐고 물어보는 듯
영롱한 꽃송이는 나의 마지막 인내를 부숴버리려고 한다

나의 마음을 딛고 가는 거룩한 발자국 소리를 들으면서
지금 나는 마지막 붓을 든다

누가 무엇이라 하든 나의 붓은 이 시대를 진지하게 걸어가는
    사람에게는 치욕

물소리 빗소리 바람소리 하나 들리지 않는 곳에
나란히 옆으로 가로 세로 위로 아래로 놓여 있는 무수한
    꽃송이와 그 그림자
그것을 그리려고 하는 나의 붓은 말할 수 없이 깊은 치욕

이것은 누구에게도 보이지 않을 글이기에
(아아 그러한 시대가 온다면 얼마나 좋은 일이냐)
나의 동요 없는 마음으로
너를 다시 한번 치어다보고 혹은 내려다보면서 무량(無量)의
    환희에 젖는다

꽃 꽃 꽃
부끄러움을 모르는 꽃들
누구의 것도 아닌 꽃들
너는 늬가 먹고사는 물의 것도 아니며
나의 것도 아니고 누구의 것도 아니기에
지금 마음 놓고 고즈넉이 날개를 펴라
마음대로 뛰놀 수 있는 마당은 아닐지나
(그것은 골고다의 언덕이 아닌
현대의 가시철망 옆에 피어 있는 꽃이기에)
물도 아니며 꽃도 아닌 꽃일지나
너의 숨어 있는 인내와 용기를 다하여 날개를 펴라

물이 아닌 꽃
물같이 엷은 날개를 펴며
너의 무게를 안고 날아가려는 듯

늬가 끊을 수 있는 것은 오직 생사의 선조(線條)뿐
그러나 그 비애에 찬 선조도 하나가 아니기에
너는 다시 부끄러움과 주저(躊躇)를 품고 숨 가빠하는가

결합된 색깔은 모두가 엷은 것이지만
설움이 힘찬 미소와 더불어 관용과 자비로 통하는 곳에서

늬가 사는 엷은 세계는 자유로운 것이기에
생기와 신중을 한 몸에 지니고

사실은 벌써 멸(滅)하여 있을 너의 꽃잎 위에
이중의 봉오리를 맺고 날개를 펴고
죽음 위에 죽음 위에 죽음을 거듭하리
구라중화

(1954)

꽃

심연은 나의 붓끝에서 퍼져가고
나는 멀리 세계의 노예들을 바라본다
진개(塵芥)와 분뇨를 꽃으로 마구 바꿀 수 있는 나날
그러나 심연보다도 더 무서운 자기 상실에 꽃을 피우는 것은
　　　신이고

나는 오늘도 누구에게든 얽매여 살아야 한다

도야지우리에 새가 날고
국화꽃은 밤이면 더 한층 아름답게 이슬에 젖는데
올 겨울에도 산 위의 초라한 나무들을 뿌리만 간신히
　　　남기고 살살이 갈라갈 동네아이들……
손도 안 씻고
쥐똥도 제멋대로 내버려두고
닭에는 발등을 물린 채
나의 숙제는 미소이다
밤과 낮을 건너서 도회의 저편에
영영 저물어 사라져버린 미소이다

(1957. 11)

꽃 2

꽃은 과거와 또 과거를 향하여
피어나는 것
나는 결코 그의 종자(種子)에 대하여
말하고 있는 것은 아니다
또한 설움의 귀결을 말하고자 하는 것도 아니다
오히려 설움이 없기 때문에 꽃은 피어나고

꽃이 피어나는 순간
푸르고 연하고 길기만 한 가지와 줄기의 내면은
완전한 공허를 끝마치고 있었던 것이다

중단과 계속과 해학이 일치되듯이
어지러운 가지에 꽃이 피어오른다
과거와 미래에 통하는 꽃
견고한 꽃이
공허의 말단에서 마음껏 찬란하게 피어오른다

(1956)

깨꽃

나는 잠자는 일
잠 속의 일
쫓기어다니는 일
불같은 일
암흑의 일
깨꽃같이 작고 많은
맨 끝으로 신경이 가는 일
암흑에 휘날리고
나의 키를 넘어서—
병아리같이 자는 일

눈을 뜨고 자는 억센 일
단명(短命)의 일
쫓기어다니는 일
불같은 불같은 일
깨꽃같이 작은 자질구레한 일
자꾸자꾸 자질구레해지는 일
불같이 쫓기는 일
쫓기기 전 일
깨꽃 깨꽃 깨꽃이 피기 전 일
성장(成長)의 일

(1963. 4. 6)

19

2

맨 끝으로 神經이 가는 일

暗黑에 휘날리고

나의 키를 넘어서ー

영아리 같이 지는 일

눈을 · 뜨고 자는 역선 일

短속의 일

꽃 기어다니는 일

불 같은 불 같은 일

깨꽃 같이 짝은 자 길구레

자꾸 자꾸 자길 구레 해지는 일

한 일

(깨
　꽃)

나는 잠자는 일

잠 속의 일

꽃기여 다니는 일

불 같은 일

암흑의 일

깨꽃같이 작고 많은

파밭 가에서

삶은 계란의 껍질이
벗겨지듯
묵은 사랑이
벗겨질 때
붉은 파밭의 푸른 새싹을 보아라
얻는다는 것은 곧 잃는 것이다

먼지 앉은 석경 너머로
너의 그림자가
움직이듯
묵은 사랑이
움직일 때
붉은 파밭의 푸른 새싹을 보아라
얻는다는 것은 곧 잃는 것이다

새벽에 준 조로의 물이
대낮이 지나도록 마르지 않고
젖어 있듯이
묵은 사랑이
뉘우치는 마음의 한복판에
젖어 있을 때
붉은 파밭의 푸른 새싹을 보아라

얻는다는 것은 곧 잃는 것이다

(1959)

없는다는
것은
곱을
잃는
것이다

새벽에
준
조로의
물이

대낮이
지나도록
마르지
않고

젖어있듯이

묽은
사랑이

뉘우치는
마음의
한복판에

젖어
있을
때

붉은
파밭의
푸르
새싹을
보아라

없는다
는
것은
곱
잃는
것이다

1959 (現代文學社)

20×10

벗겨
（질때）

붉은 파밭의 푸른 새싹을 보아라

언는다는 것은 끔 잃는 것이다

먼지 않은 석경 넘어로

너의 그림자가

움직이 듯

묵은 사랑이

움직일 때

붉은 파밭의 푸른 새싹을 보아라

（現代文學社）

설사의 알리바이

설파제를 먹어도 설사가 막히지 않는다
하룻동안 겨우 막히다가 다시 뒤가 들먹들먹한다
꾸루룩거리는 배에는 푸른색도 흰색도 적(敵)이다

배가 모조리 설사를 하는 것은 머리가 설사를
시작하기 위해서다 성(性)도 윤리도 약이
되지 않는 머리가 불을 토한다

여름이 끝난 벽 저쪽에 서 있는 낯선 얼굴
가을이 설사를 하려고 약을 먹는다
성과 윤리의 약을 먹는다 꽃을 거두어들인다

문명의 하늘은 무엇인가로 채워지기를 원한다
나는 지금 규제로 시를 쓰고 있다 타의의 규제
아슬아슬한 설사다

언어가 죽음의 벽을 뚫고 나가기 위한
숙제는 오래된다 이 숙제를 노상 방해하는 것이
성의 윤리와 윤리의 윤리다 중요한 것은

괴로움과 괴로움의 이행이다 우리의 행동
이것을 우리의 시로 옮겨놓으려는 생각은

단념하라 괴로운 설사

괴로운 설사가 끝나거든 입을 다물어라 누가
보았는가 무엇을 보았는가 일절 말하지 말아라
그것이 우리의 증명이다

(1966. 8. 23)

거위 소리

거위의 울음소리는
밤에도 여자의 호마노색 원피스를 바람에 나부끼게 하고
강물이 흐르게 하고
꽃이 피게 하고
웃는 얼굴을 더 웃게 하고
죽은 사람을 되살아나게 한다

(1964. 3)

H

H는 그전하곤 달라졌어
내가 K의 시 얘기를 했더니 욕을 했어
욕을 한 건 그것뿐이었어
그건 그의 인사였고 달라지지 않은 것은 그것뿐
그밖에는 모두가 좀 달라졌어

우리는 격하지 않고 얘기할 수 있었어
훌륭하게 훌륭하게 얘기할 수 있었어
그의 약간의 오류는 문제가 아냐
그의 오류는 꽃이야
이 무엇이라고 말할 수 없는 나라의 수도의
한복판에서

우리는 그 또 한복판이 되구 있어
그도 이 관용을 알고 이 마지막 관용을 알고 있지만
음미벽(吟味癖)이 있는 나보다는 덜 알고 있겠지
그러니까 그가 나보다도 아직까지는 더 순수한 폭도 되고
우리는 월남의 중립 문제니 새로 생긴다는 혁신정당 얘기를
하고 있었지만
아아 비겁한 민주주의여 안심하라
우리는 정치 얘기를 하구 있었던 게 아니야

우리는 조금도 흥분하지 않았고
그는 그전처럼 욕도 하지 않았고
내 찻값까지 합해서 백 원을 치르고 나가는
그의 표정을 보고
나는 그가 필시 속으로는 나를 포기하고
있다는 것을 알았어

그는 그전하곤 달라졌어
그는 이제 조용하게 나를 경멸할 줄 알아
석 달 전에 결혼한 그는 그전하곤 모두가 좀 달라졌어
그리고 그가 경멸하고 있는 건 나의
정치 문제뿐이 아냐

(1966. 1. 3)

채소밭 가에서

기운을 주라 더 기운을 주라
강바람은 소리도 고웁다
기운을 주라 더 기운을 주라
달리아가 움직이지 않게
기운을 주라 더 기운을 주라
무성하는 채소밭 가에서
기운을 주라 더 기운을 주라
돌아오는 채소밭 가에서
기운을 주라 더 기운을 주라
바람이 너를 마시기 전에

(1957)

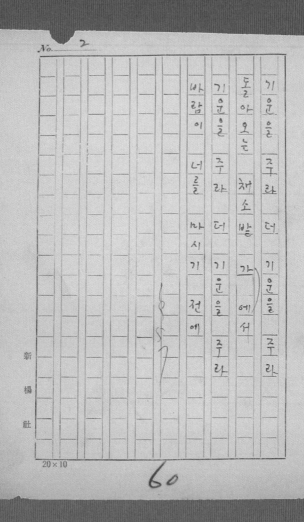

기운을 주라 더 기운을 주라

돌아오는 채소밭 가에서 주라

기운을 주라 더 기운을 주라

바람이 너를 나시기 전에

新
楊
社

20×10

60

채소밭가에서

기운을 주라
더 기운을 주라

江바람은 소리도 고웁다

기운을 주라
더 기운을 겹게 주라

다리아가 움직이지 않게

기운을 주라
더 기운을 주라

무성하는 채소밭 가에서

新楊社

20×10

미역국

미역국 위에 뜨는 기름이
우리의 역사를 가르쳐준다 우리의 환희를
풀 속에서는 노란 꽃이 지고 바람소리가 그릇 깨지는
소리보다 더 서걱거린다 ── 우리는 그것을 영원의
소리라고 부른다

해는 청교도가 대륙 동부에 상륙한 날보다 밝다
우리의 재[灰], 우리의 서걱거리는 말이여
인생과 말의 간결 ── 우리는 그것을 전투의
소리라고 부른다

미역국은 인생을 거꾸로 걷게 한다 그래도 우리는
삼십대보다는 약간 젊어졌다 육십이 넘으면 좀더
젊어질까 기관포나 뗏목처럼 인생도 인생의 부분도
통째 움직인다 ── 우리는 그것을 빈궁(貧窮)의
소리라고 부른다

오오 환희여 미역국이여 미역국에 뜬 기름이여 구슬픈
　　조상(祖上)이여
가뭄의 백성이여 퇴계든 정다산이든 수염 난 영감이면
복덕방 사기꾼도 도적놈 지주라도 좋으니 제발 순조로워라
자칭 예술파 시인들이 아무리 우리의 능변을

욕해도 —— 이것이 환희인 걸 어떻게 하랴

인생도 인생의 부분도 통째 움직인다 —— 우리는 그것을
결혼의 소리라고 부른다

(1965. 6. 2)

人生도 人生의 부분도 통째 움직인다 — 우리는 그것을

용해도 — 이것이 歡喜인걸 어떻게 하라

自稱 芸術派 詩人들이 아무리 우리의 能辯을

도적놈 地主라도 좋으니 제발 술조로 하라

丁茶山이든 수떽난 영감이면 福德房

구슬픈 祖上이여 가문의 백성이여 退溪든 사 기꿀

오오 歡喜에 미역국이여 미역국에 뜬 기름이여

소리라고 부른다

해는 淸敎徒가 大陸 東部에 상륙한 날보다 빛난다

우리의 재(灰)、우리의 서걱거리는 말이여

人生과 말의 간결ㅣ우리는 그것을 戰鬪의

소리라고 부른다

미역국은 人生을 거꾸로 걸게한다 그래도 우리는

三十代 보다는 약간 철이어 졌다 支。이 범으론 좀더

철이어 질까 機關砲나 떼죽처럼 人生도 人生의 부분도

둘째 움작인다ㅣ우리는 그것을 金錢의

반달

음악을 들으면 차밭의 앞뒤 시간이
가시처럼 생각된다
나비날개처럼 된 차잎은 아침이면
날개를 펴고 저녁이면 체조라도 하듯이
일제히 쉰다 쉬는 데에도 규율이 있고
탄력이 있다 9월 중순 차나무는 거의
내 키만큼 자라나고 노란 꽃도 이제는
보잘것없이 되었는데도 밭주인은
아직도 나타나 잘라가지 않는다

두 떼기의 차밭 옆에는 역시 두 떼기의
채소밭이 있다 김장 무나 배추를 심었을
인습적인 분가루를 칠한 밭 위에
나는 걸핏하면 개똥을 갖다 파묻는다
밭주인이 보면 질색을 할 노릇이지만
이 밭주인은 차밭 주인의 소작인이다
그러나 우리집 여편네는 이것을 모두
자기 밭이라고 한다 멀쩡한 거짓말이다
그러나 이런 거짓말이 필요할 때가 있다
그러나 이런 거짓말을 해도 별로
성과는 없었다 성과가 없을 것을
알고 있기 때문에 나는 여편네의

거짓말에 반대하지 않는다

음악을 들으면 차밭의 앞뒤 시간이
가시처럼 생각된다 그리고 그 가시가
점점 더 똑똑해진다 동산에 걸린
새 달에 비친 나뭇가지처럼
세계를 배경으로 한 나의 사상처럼
죄어든 인생의 윤곽과 비밀처럼……
곡은 무용곡— 모든 음악은 무용곡이다
오오 폐허의 질서여 수치의 개가(凱歌)여
차나무 냄새여 어둠이여 소녀여
휴식의 휴식이어
분명해진 그 가시의 의미여

모든 곡은 눈물이다 어렸을 때 어머니는
나의 얼굴의 사마귀를 떼주었다
입밑의 사마귀와 눈밑의 사마귀……
그런 사마귀가 나의 아들놈의 눈 아래에
있는 것을 발견하고 나도 꼭 빼주어야
하겠다고 결심한 일이 있었다 그런데
내 눈 아래에 다시 생긴 사마귀는
구태여 빼지 않을 작정이었다

「눈물은 나의 장사이니까」── 오오 눈물의
눈물이여 음악의 음악이여
달아난 음악이여 반달이여
내 눈 아래에 다시 생긴 사마귀는
구태여 빼지 않을 작정이다

(1963. 9. 10)

장시 1

겨자씨같이 조그맣게 살면 돼
복숭아 가지나 아가위 가지에 앉은
배부른 흰 새모양으로
잠깐 앉았다가 떨어지면 돼
연기 나는 속으로 떨어지면 돼
구겨진 휴지처럼 노래하면 돼

가정을 알려면 돈을 떼여보면 돼
숲을 알려면 땅벌에 물려보면 돼
잔소리 날 때는 슬쩍 피하면 돼
── 채귀(債鬼)가 올 때도──
버스를 피해서 길을 건너서는 어린 놈처럼
선뜻 큰길을 건너서면 돼
장시(長詩)만 장시만 안 쓰려면 돼

*

오징어발에 말라붙은 새처럼 꼬리만 치지 않으면 돼
입만 반드르르하게 닦아놓으면 돼
아버지 할머니 고조할아버지 때부터
어물전 좌판 밑바닥에서 걸어 있던 것이면 돼
유선(有線) 합승자동차에도 양계장에도 납공장에도

미곡창고 지붕에도 달려 있는
썩은 공기 나가는 지붕 위의 지붕만 있으면 돼
〈돼〉가 긍정에서 의문으로 돌아갔다
의문에서 긍정으로 또 돌아오면 돼
이것이 몇 바퀴만 넌지시 돌면 돼
해바라기 머리같이 돌면 돼

깨꽃이나 샐비어나 마찬가지 아니냐
내일의 채귀를
죽은 뒤의 채귀를 걱정하는
장시만 장시만 안 쓰려면 돼
샐비어 씨는 빨갛지 않으니까
장시만 장시만 안 쓰려면 돼
영원만 영원만 고민하지 않으면 돼
오징어에 말라붙은 새처럼 5월이 와도
9월이 와도 꼬리만 치지 않으면 돼

트럭 소리가 나면 돼
아카시아 잎을 이기는 소리가 방바닥 밑까지 울리면 돼
라디오 소리도 거리의 풍습대로 기를 쓰고 크게만
    틀어놓으면 돼

겨자씨같이 조그맣게 살면서
장시만 장시만 안 쓰면 돼
오징어발에 말라붙은 새처럼 꼬리만 치지 않으면 돼
트럭 소리가 나면 돼
아카시아 잎을 이기는 소리가 방바닥 밑까지 콩콩 울리면 돼
흙 묻은 비옷이 24시간 걸려 있으면 돼
정열도 예측 고함도 예측 장시도 예측
경솔도 예측 봄도 예측 여름도 예측
범람도 예측 범람은 화려 공포는 화려
공포와 노인은 동일 공포와 노인과 유아는 동일……
예측만으로 그치면 돼
모자라는 영원이 있으면 돼
채귀가 집으로 돌아가면 돼
성당으로 가듯이
채귀가 어젯밤에 나 없는 사이에 돌아갔으면 돼
장시만 장시만 안 쓰면 돼

(1962. 9. 26)

7

予測（　）만으로 그러면 돼

모자라는 永遠이 이자음면 돼

債鬼가 집으로 돌아가면 돼

聖書를 🔴로 가득이

債鬼가 어젯밤에 나 없는 사이에

돌아 갔으면 돼

長詩만 長詩만 안 쓰면 돼

1952. 9. 2

드르렁 소리가 나면 돼

콩콩울리는 일을 이기는

소리가 방바닥 밑까지

長詩만 長詩만 안 쓰면 돼

오징어 밥에 딸라 붙은 새처럼

꼬리만 치지 않으면 돼

흙물은 비 옷이 二四時間 걸려 있으면 돼

清熱도 予測 고함도 予測 長詩로 予測

輕率도 予測 봄도 予測 어름도 予測

汨澤도 予測 汨澤은 華麗 恐怖는 華麗

恐怖와 老人은 同一

幼兒는 同一 …

싸리꽃 핀 벌판

피로는 도회뿐만 아니라 시골에도 있다
푸른 연못을 넘쳐흐르는 장마통의
싸리꽃 핀 벌판에서
나는 왜 이다지도 피로에 집착하고 있는가
기적소리는 문명의 밑바닥을 가고
형이상학은 돈지갑처럼
나의 머리 위에서 떨어진다

(1959. 9. 1)

먼 곳에서부터

먼 곳에서부터
먼 곳으로
다시 몸이 아프다

조용한 봄에서부터
조용한 봄으로
다시 내 몸이 아프다

여자에게서부터
여자에게로

능금꽃으로부터
능금꽃으로……

나도 모르는 사이에
내 몸이 아프다

(1961. 9. 30)

여자에게서부터

여자에게로

능금꽃으로부터

능금꽃으로‥‥

나도 모르는 사이에

내 몸이 아프다

一九六二.九.三〇.

먼 곳에서 부터

먼 곳에서 부터

먼 곳으로

다시 몸이 아프다

조용한 봄에서 부터

조용한 봄으로

다시 내 몸이 아프다

기도
— 4·19 순국학도 위령제에 부치는 노래

시를 쓰는 마음으로
꽃을 꺾는 마음으로
자는 아이의 고운 숨소리를 듣는 마음으로
죽은 옛 연인을 찾는 마음으로
잃어버린 길을 다시 찾은 반가운 마음으로
우리가 찾은 혁명을 마지막까지 이룩하자

물이 흘러가는 달이 솟아나는
평범한 대자연의 법칙을 본받아
어리석을 만치 소박하게 성취한
우리들의 혁명을
배암에게 쐐기에게 쥐에게 살쾡이에게
진드기에게 악어에게 표범에게 승냥이에게
늑대에게 고슴도치에게 여우에게 수리에게 빈대에게
다치지 않고 깎이지 않고 물리지 않고 더럽히지 않게

그러나 정글보다도 더 험하고
소용돌이보다도 더 어지럽고 해저보다도 더 깊게
아직까지도 부패와 부정과 살인자와 강도가 남아 있는 사회
이 심연이나 사막이나 산악보다도
더 어려운 사회를 넘어서

이번에는 우리가 배암이 되고 쐐기가 되더라도
이번에는 우리가 쥐가 되고 살쾡이가 되고 진드기가
　　되더라도
이번에는 우리가 악어가 되고 표범이 되고 승냥이가 되고
　　늑대가 되더라도
이번에는 우리가 고슴도치가 되고 여우가 되고 수리가 되고
　　빈대가 되더라도
아아 슬프게도 슬프게도 이번에는
우리가 혁명이 성취되는 마지막날에는
그런 사나운 추잡한 놈이 되고 말더라도

나의 죄 있는 몸의 억천만 개의 털구멍에
죄라는 죄가 가시같이 박히어도
그야 솜털만치도 아프지는 않으려니

시를 쓰는 마음으로
꽃을 꺾는 마음으로
자는 아이의 고운 숨소리를 듣는 마음으로
죽은 옛 연인을 찾는 마음으로
잃어버린 길을 다시 찾은 반가운 마음으로
우리는 우리가 찾은 혁명을 마지막까지 이룩하자

(1960. 5. 18)

반주곡

일어서 있는 너의 얼굴
일어서 있는 너의 얼굴
악골(顎骨)에서 내려가는 너의 경련
── 이것이 생활이다

나의 여자들의 더러운 발은 생활의 숙제

온돌 위에 서 있는 빌딩
하늘 위에 서 있는 꽃 위에로
하늘에서 내려오는 연령의 여유
시도 그런 여유에는 대항할 수 없고
지혜는 일어서 있는 너의 얼굴

종교의 연필 자국이 두드러진
청춘의 붉은 희롱?

「고맙습니다, 고맙습니다」
역사의 숙제, 발을 벗는 일,
연결의 〈사도(使徒)〉── 일어선 것과 앉은 것의
불가사의에 신음하는 나

「고맙습니다, 고맙습니다」

서양과 동양의 차이
나는 여유 있는 시인— 쉬페르비엘[*]이
물에 빠진 뒤에 나는 젤라틴을 통해서
시(詩)의 진지성을 본다

내용은 술집, 내용은 나, 내용은 도시,
내용은 그림자,
그림자의 비밀
종교의 획득은 종교를 잃었을 때부터 시작되었고
나는 그때부터 차차 늙어가는 탈을 썼다

「고맙습니다, 고맙습니다」
일어서 있는 너의 얼굴은
오늘밤의
앉아 있는 내 방의 촛불 같은 재산, 보석이여

(1959)

• 쥘 쉬페르비엘(Jules Supervielle, 1884~1960), 20세기 프랑스 시인이다.

현대식 교량

현대식 교량을 건널 때마다 나는 갑자기 회고주의자가 된다
이것이 얼마나 죄가 많은 다리인 줄 모르고
식민지의 곤충들이 24시간을
자기의 다리처럼 건너다닌다
나이 어린 사람들은 어째서 이 다리가 부자연스러운지를
    모른다
그러니까 이 다리를 건너갈 때마다
나는 나의 심장을 기계처럼 중지시킨다
(이런 연습을 나는 무수히 해 왔다)

그러나 문제는 이러한 반항에 있지 않다
저 젊은이들의 나에 대한 사랑에 있다
아니 신용이라고 해도 된다
"선생님 이야기는 20년 전 이야기이지요"
할 때마다 나는 그들의 나이를 찬찬히
소급해 가면서 새로운 여유를 느낀다
새로운 역사라고 해도 좋다

이런 경이는 나를 늙게 하는 동시에 젊게 한다
아니 늙게 하지도 젊게 하지도 않는다
이 다리 밑에서 엇갈리는 기차처럼
늙음과 젊음의 분간이 서지 않는다

다리는 이러한 정지의 증인이다
젊음과 늙음이 엇갈리는 순간
그러한 속력과 속력의 정돈 속에서
다리는 사랑을 배운다
정말 희한한 일이다
나는 이제 적을 형제로 만드는 실증(實證)을
똑똑하게 천천히 보았으니까!

(1964. 11. 22)

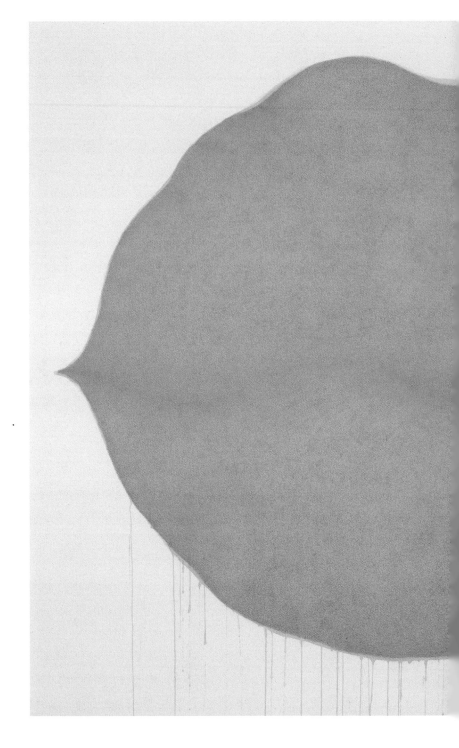

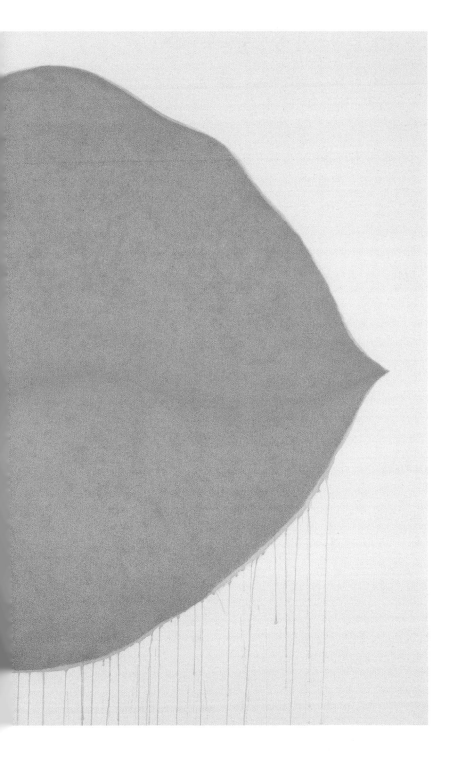

조국에 돌아오신 상병포로(傷病捕虜)
동지들에게

그것은 자유를 찾기 위해서의 여정이었다
가족과 애인과 그리고 또 하나 부실한 처를 버리고
포로수용소로 오려고 집을 버리고 나온 것이 아니라
포로수용소보다 더 어두운 곳이라 할지라도
자유가 살고 있는 영원한 길을 찾아
나와 나의 벗이 안심하고 살 수 있는
현대의 천당을 찾아 나온 것이다

나는 원래가 약게 살 줄 모르는 사람이다
진실을 찾기 위하여 진실을 잊어버려야 하는
내일의 역설 모양으로
나는 자유를 찾아서 포로수용소에 온 것이고
자유를 찾기 위하여 유자철망(有刺鐵網)을 탈출하려는
　　어리석은 동물이 되고 말았다
「여보세요 내 가슴을 헤치고 보세요 여기 장 발장이 숨기고
　　있던 격인(烙印)보다 더 크고 검은
호소가 있지요
길을 잊어버린 호소예요」

「자유가 항상 싸늘한 것이라면 나는 당신과 더 이야기하지
　　않겠어요
그러나 이것은 살아 있는 포로의 애원이 아니라

이미 대한민국의 하늘을 가슴으로 등으로 쓸고 나가는
저 조그만 비행기같이 연기도 여운도 없이 사라진 몇몇
　　포로들의 영령이
너무나 알기 쉬운 말로 아무도 듣지 못하게 당신의 뺨에다
　　대고 비로소 시작하는 귓속 이야기지요」

「그것은 본 사람만이 아는 일이지요
누가 거제도 제61수용소에서 단기 4284년 3월 16일 오전
　　5시에 바로 철망 하나 둘 셋 네 겹을 격(隔)하고 불
　　일어나듯이 솟아나는 제62적색수용소로 돌을 던지고
　　돌을 받으며 뛰어들어갔는가」

나는 그들이 어떻게 용감하게 싸웠느냔 것에 대한 대변인이
　　아니다
또한 나의 죄악을 가리기 위하여 독자의 눈을 가리고 입을
　　봉하기 위한 연명을 위한 아유(阿諛)도 아니다
그리고 이러한 변명이 지루하다고 꾸짖는 독자에 대하여는
한마디 드려야 할 정당한 이유의 말이 있다
「포로의 반공전선을 위하여는
이것보다 더 장황한 전제가 필요하였습니다
나는 그들의 용감성과 또 그들의 어마어마한 전과(戰果)에
　　대하여 말하는 것이 아니라

그들의 싸워온 독특한 위치와 세계사적 가치를 말하는
　　것입니다」

「나는 이것을 자유라고 부릅니다
그리하여 나는 자유를 위하여 출발하고 포로수용소에서
　　끝을 맺은 나의 생명과 진실에 대하여
아무 뉘우침도 남기려 하지 않습니다」
나는 지금 자유를 연구하기 위하여 『나는 자유를
　　선택하였다』의 두꺼운 책장을 들춰볼 필요가 없다
꽃같이 사랑하는 무수한 동지들과 함께
꽃같은 밥을 먹었고
꽃같은 옷을 입었고
꽃같은 정성을 지니고
대한민국의 꽃을 이마 위에 동여매고 싸우고 싸우고
　　싸워왔다
　　　　　　　　　　　　　　.

그것이 너무나 순진한 일이었기에 잠을 깨어 일어나서
나는 예수 크리스트가 되지 않았나 하는 신성한
　　착감(錯感)조차 느껴보는 것이었다
정말 내가 포로수용소를 탈출하여 나오려고
무수한 동물적 기도(企圖)를 한 것은
이것이 거짓말이라면 용서하여 주시오

포로수용소가 너무나 자유의 천당이었기 때문이다
노파심으로 만일을 염려하여 말해 두는 건데
이것은 촌호(寸毫)의 풍자미(諷刺味)도 역설도 불쌍한 발악도
　　청년다운 광기도 섞여 있는 말이 아닐 것이다

「여러분! 내가 쓰고 있는 것은 시가 아니겠습니까.
일전에 어떤 친구를 만났더니 날더러 다시 포로수용소에
　　들어가고 싶은 생각이 없느냐고
정색을 하고 물어봅니다
나는 대답하였습니다
내가 포로수용소에서 나온 것은
포로로서 나온 것이 아니라
민간 억류인으로서 나라에 충성을 다하기 위하여 나온
　　것이라고
그랬더니 그 친구가 빨리 38선을 향하여 가서
이북에 억류되고 있는 대한민국과 UN군의 포로들을
　　구하여내기 위하여
새로운 싸움을 하라고 합니다
나는 정말 미안하다고 하였습니다
이북에서 고생하고 돌아오는
상병포로들에게 말할 수 없는 미안한 감이 듭니다」

내가 6·25 후에 개천(价川) 야영훈련소에서 받은 말할 수
　　없는 학대를 생각한다
북원(北院) 훈련소를 탈출하여 순천(順川) 읍내까지도 가지
　　못하고
악귀의 눈동자보다도 더 어둡고 무서운 밤에 중서면(中西面)
　　내무성(內務省) 군대에게 체포된 일을 생각한다
그리하여 달아나오던 날 새벽에 파묻었던 총과 러시아
　　군복을 사흘을 걸려서 찾아내고 겨우 총살을 면하던
　　꿈같은 일을 생각한다
그리고 나는 평양을 넘어서 남으로 오다가 포로가 되었지만
내가 만일 포로가 아니 되고 그대로 거기서 죽어버렸어도
아마 나의 영혼은 부지런히 일어나서 고생하고 돌아오는
대한민국 상병포로와 UN 상병포로들에게 한마디 말을
　　하였을 것이다
「수고하였습니다」

「돌아오신 여러분! 아프신 몸에 얼마나 수고하셨습니까!
우리는 UN군에 포로가 되어 너무 좋아서 가시철망을
　　뛰어나오려고 애를 쓰다가 못 뛰어나오고
여러 동지들은 기막힌 쓰라림에 못 이겨 못 뛰어나오고」

「그러나 천당이 있다면 모두 다 거기서 만나고 있을

62

것입니다
억울하게 넘어진 반공포로들이
다 같은 대한민국의 이북 반공포로와 거제도 반공포로들이
무궁화의 노래를 부를 것입니다」

나는 이것을 진정한 자유의 노래라고 부르고 싶어라!
반항의 자유
진정한 반항의 자유조차 없는 그들에게
마지막 부르고 갈
새날을 향한 전승(戰勝)의 노래라고 부르고 싶어라!

그것은 자유를 위한 영원한 여정이었다
나직이 부를 수도 소리 높이 부를 수도 있는 그대들만의
　　　노래를 위하여
마지막에는 울음으로밖에 변할 수 없는
숭고한 희생이여!

나의 노래가 거치럽게 되는 것을 욕하지 마라!
지금 이 땅에는 온갖 형태의 희생이 있거니
나의 노래가 없어진들
누가 나라와 민족과 청춘과
그리고 그대들의 영령을 위하여 잊어버릴 것인가!

자유의 길을 잊어버릴 것인가!

(1953. 5. 5)

공자(孔子)의 생활난

꽃이 열매의 상부에 피었을 때
너는 줄넘기 장난을 한다

나는 발산한 형상을 구하였으나
그것은 작전 같은 것이기에 어려웁다

국수—— 이태리어로는 마카로니라고
먹기 쉬운 것은 나의 반란성(叛亂性)일까

동무여 이제 나는 바로 보마
사물과 사물의 생리와
사물의 수량과 한도와
사물의 우매와 사물의 명석성을

그리고 나는 죽을 것이다

(1945)

너를 잃고

늬가 없어도 나는 산단다
억만 번 늬가 없어 설워한 끝에
억만 걸음 떨어져 있는
너는 억만 개의 모욕이다

나쁘지도 않고 좋지도 않은 꽃들
그리고 별과도 등지고 앉아서
모래알 사이에 너의 얼굴을 찾고 있는 나는 인제
늬가 없어도 산단다

늬가 없이 사는 삶이 보람 있기 위하여 나는 돈을 벌지 않고
늬가 주는 모욕의 억만 배의 모욕을 사기를 좋아하고
억만 인의 여자를 보지 않고 산다

나의 생활의 원주(圓周) 위에 어느 날이고
늬가 서기를 바라고
나의 애정의 원주가 진정으로 위대하여지기 바라고

그리하여 이 공허한 원주가 가장 찬란하여지는 무렵
나는 또 하나 다른 유성을 향하여 달아날 것을 알고
이 영원한 숨바꼭질 속에서
나는 또한 영원히 늬가 없어도 살 수 있는 날을 기다려야

하겠다
나는 억만무려(億萬無慮)의 모욕인 까닭에

(1953)

그
ㄹ
ㅎ
ㅇ
ㅇ
프

란
하
여
지
는
무
렵

나
는
또
하
나
다
른
遊星을
향
하
여

딸
아
난
것
을
알
고

이
영
원
한
숨
바
꼭
질
속
에
서

나
는
또
한
영
원
히
늬
가
없
어
도
살 수

있
는
날
을
가
다
려
야
하
게
다

나
는
虛空無盡
의
海洋
인
자
다
리
에.
1
9
5
3

여
나는 훅을 벌지 않고

늬가 주는 侑薛의 역만배의 侑薛을

사기를 좋아하고

역만인의 여자를 보기 않고 산다

나의 생활의 周圍에 어느날이고

늬가 쉬기를 바라고

나의 애정의 周圍가 진정으로 위태해

여( )지기 바라고

긍지의 날

너무나 잘 아는
순환의 원리를 위하여
나는 피로하였고
또 나는
영원히 피로할 것이기에
구태여 옛날을 돌아보지 않아도
설움과 아름다움을 대신하여 있는 나의 긍지
오늘은 필경 긍지의 날인가 보다

내가 살기 위하여
몇 개의 번개 같은 환상이 필요하다 하더라도
꿈은 교훈
청춘 물 구름
피로들이 몇 배의 아름다움을 가(加)하여 있을 때도
나의 원천과 더불어
나의 최종점은 긍지
파도처럼 요동하여
소리가 없고
비처럼 퍼부어
젖지 않는 것

그리하여

피로도 내가 만드는 것
긍지도 내가 만드는 것
그러할 때면은 나의 몸은 항상
한치를 더 자라는 꽃이 아니더냐
오늘은 필경 여러 가지를 합한 긍지의 날인가 보다
암만 불러도 싫지 않은 긍지의 날인가 보다
모든 설움이 합쳐지고 모든 것이 설움으로 돌아가는
긍지의 날인가 보다
이것이 나의 날
내가 자라는 날인가 보다

(1955. 2)

궁지도
내가
만드는
것

그러할
때면은
나의
몸은
항상
낫

한치를
더
자라는
꽃이
아니
궁지의

오늘은
필경
여러가지를
향한
궁지의

낳
인가
보다

암만
불러도
싫지
않은
궁지의
날인

가
보다

또도
설움이
합쳐지고
모든것이
설

으로
돌아가는

궁지의
날인가
보다

142

잃을 때도

나의 源泉과 더불어

나의 最終點은 공지

波濤처럼 搖動하여

소리가 없고

비처럼 퍼부어

젖지 않는 것

그리하여

疲勞도 내가 만드는 것

新楊社

20 × 10

141

봄밤

애타도록 마음에 서둘지 말라
강물 위에 떨어진 불빛처럼
혁혁한 업적을 바라지 말라
개가 울고 종이 들리고 달이 떠도
너는 조금도 당황하지 말라
술에서 깨어난 무거운 몸이여
오오 봄이여

한없이 풀어지는 피곤한 마음에도
너는 결코 서둘지 말라
너의 꿈이 달의 행로와 비슷한 회전을 하더라도
개가 울고 종이 들리고
기적 소리가 과연 슬프다 하더라도
너는 결코 서둘지 말라
서둘지 말라 나의 빛이여
오오 인생이여

재앙과 불행과 격투와 청춘과 천만인의 생활과
그러한 모든 것이 보이는 밤
눈을 뜨지 않은 땅속의 벌레같이
아둔하고 가난한 마음은 서둘지 말라
애타도록 마음에 서둘지 말라

절제여
나의 귀여운 아들이여
오오 나의 영감(靈感)이여

(1957)

오오
人生이여

災禍와
不幸과
格鬪와
靑春과

千萬人의
生活과

그러한
모든것이
보이는
밤

눈을 뜨지
않은
땅속에
벌레
갈이

아둔하고
가난한
마음은
서둘지
말라

애닲도록
마음에
서둘지
말라

節制여

나의
귀여운
아들이여

新楊社

20×10

63

오오
봄이여

한없이
풀어지는
피곤한
마음에도

너는
결코
서툴지
말라

너의
꿈이
달의
行路와
비슷한
廻轉

을
ㅣ이오라도

개가
울고
종이
들리고

기적소리가
과연
슬프다
하무라도

너는
결코
서툴지
말라

서툴지
말라
나의
빛이여

新楊社

20×10

62

사랑의 변주곡

욕망이여 입을 열어라 그 속에서
사랑을 발견하겠다 도시의 끝에
사그러져 가는 라디오의 재잘거리는 소리가
사랑처럼 들리고 그 소리가 지워지는
강이 흐르고 그 강 건너에 사랑하는
암흑이 있고 3월을 바라보는 마른 나무들이
사랑의 봉오리를 준비하고 그 봉오리의
속삭임이 안개처럼 이는 저쪽에 쪽빛
산이

사랑의 기차가 지나갈 때마다 우리들의
슬픔처럼 자라나고 도야지우리의 밥찌끼
같은 서울의 등불을 무시한다
이제 가시밭, 덩쿨장미의 기나긴 가시가지
까지도 사랑이다

왜 이렇게 벅차게 사랑의 숲은 밀려닥치느냐
사랑의 음식이 사랑이라는 것을 알 때까지

난로 위에 끓어오르는 주전자의 물이 아슬
아슬하게 넘지 않는 것처럼 사랑의 절도(節度)는
열렬하다

간단(間斷)도 사랑
이 방에서 저 방으로 할머니가 계신 방에서
심부름하는 놈이 있는 방까지 죽음 같은
암흑 속을 고양이의 반짝거리는 푸른 눈망울처럼
사랑이 이어져가는 밤을 안다
그리고 이 사랑을 만드는 기술을 안다
눈을 떴다 감는 기술 — 불란서혁명의 기술
최근 우리들이 4·19에서 배운 기술
그러나 이제 우리들은 소리 내어 외치지 않는다

복사씨와 살구씨와 곶감씨의 아름다운 단단함이여
고요함과 사랑이 이루어놓은 폭풍의 간악한
신념이여
봄베이도 뉴욕도 서울도 마찬가지다
신념보다도 더 큰
내가 묻혀 사는 사랑의 위대한 도시에 비하면
너는 개미이냐

아들아 너에게 광신(狂信)을 가르치기 위한 것이 아니다
사랑을 알 때까지 자라라
인류의 종언의 날에
너의 술을 다 마시고 난 날에

미대륙에서 석유가 고갈되는 날에
그렇게 먼 날까지 가기 전에 너의 가슴에
새겨둘 말을 너는 도시의 피로에서
배울 거다
이 단단한 고요함을 배울 거다
복사씨가 사랑으로 만들어진 것이 아닌가 하고
의심할 거다!
복사씨와 살구씨가
한번은 이렇게
사랑에 미쳐 날뛸 날이 올 거다!
그리고 그것은 아버지 같은 잘못된 시간의
그릇된 명상이 아닐 거다

(1967. 2. 15)

연꽃

종이를 짤라 내듯
긴장하지 말라구요
긴장하지 말라구요
사회주의 동지들
　연꽃이 있지 않어
　두통이 있지 않어
　흙이 있지 않어
　사랑이 있지 않어

뚜껑을 열어제치듯
긴장하지 말라구요
긴장하지 말라구요
사회주의 동지들
　형제가 있지 않어
　아주머니가 있지 않어
　아들이 있지 않어

벌레와 같이
눈을 뜨고 보라구요
아무것도 안 보이는
긴장하지 말라구요
내가 겨우 보이는

긴장하지 말라구요
사회주의 동지들
사랑이 있지 않어
작란이 있지 않어
냄새가 있지 않어
해골이 있지 않어

(1961. 3)

미인

── Y여사에게

미인을 보고 좋다고들 하지만
미인은 자기 얼굴이 싫을 거야
그렇지 않고야 미인일까

미인이면 미인일수록 그럴 것이니
미인과 앉은 방에선 무심코
따 놓는 방문이나 창문이
담배 연기만 내보내려는 것은
아니렷다

(1967. 12)

2

미인과 있은 방예선 무심코

따놓는 방물이나 참모이

담배연기마는 내뿜려는 것은

아니랬다

1967. 12.

原本은 金柏堂에게

美人

주여사님

美人은 보고 좋다고들 하지만

美人은 자기 얼굴이 싫을게야

그랫지 않으야 미인일게

美人이면 미인일수록 그럼 좋아오

20×10

이혼 취소

당신이 내린 결단이 이렇게 좋군
나하고 별거를 하기로 작정한 이틀째 되는 날
당신은 나와의 이혼을 결정하고
내 친구의 미망인의 빚보를 선 것을
물어 주기로 한 것이 이렇게 좋군
집문서를 넣고 6부 이자로 10만 원을
물어 주기로 한 것이 이렇게 좋군

10만 원 중에서 5만 원만 줄까 3만 원만 줄까
하고 망설였지 당신보다도 내가 더 망설였지
5만 원을 무이자로 돌려 보려고
피를 안 흘리려고 생전 처음으로 돈 가진 친구한테
정식으로 돈을 꾸러 가서 안 됐지
이것을 하고 저것을 하고 저것을 하고 이것을
하고 피를 안 흘리려고
피를 흘리되 조금 쉽게 흘리려고
저것을 하고 이짓을 하고 저짓을 하고
이것을 하고

그러다가 스코틀랜드의 에딘버러 대학에 다니는
나이 어린 친구한테서 편지를 받았지
그 편지 안에 적힌 블레이크의 시를 감동을 하고

읽었지 "Sooner murder an infant in its
cradle than nurse unacted desire"* 이것이
무슨 뜻인지 알았지 그러나 완성하진 못했지

이것을 지금 완성했다 아내여 우리는 이겼다
우리는 블레이크의 시를 완성했다 우리는
이제 차디찬 사람들을 경멸할 수 있다
어제 국회의장 공관의 칵테일파티에 참석한
천사 같은 여류 작가의 냉철한 지성적인
눈동자는 거짓말이다
그 눈동자는 피를 흘리고 있지 않다
선이 아닌 모든 것은 악이다 신의 지대(地帶)에는
중립이 없다
아내여 화해하자 그대가 흘리는 피에 나도
참가하게 해 다오 그러기 위해서만
이혼을 취소하자

---

* 영문으로 쓴 블레이크의 시를 나는 이렇게 서투르게 의역했다―
"상대방**이 원수같이 보일 때 비로소 자신이 선(善)의 입구에 와 있는 줄
알아라."(원주)

** 상대방은 곧 미망인이다.(원주)

알았지
그러나
완성하진
못했지

이것을 지금 완성했다 아내여 우리는 이겼다

우리는 블레이크의 詩를 완성했다 우리는 이제

차지찬 사람들을 경멸할 수 있다 어제 국회

의장 공관의 칵텔·파티에 참석한 天使같은 女流

作家의 냉철한 지성적인 눈동자는 거짓말이다

그 눈동자는 피를 흘리고 있지 않다

善이 아닌 모든 것은 惡이다 神의 地帶

에는 申유이 없다

하고
피를
안
흘리려고

피를
흘리
되(이)
조금
쉽게
흘리려고

저것을
하고
이짓을
하고
저짓을
하고

이것을
하고

그러다가
스코트랜드의
에딘바라
대학에
다니는

나이
어린
친구한테서
편지를
받았지

그
편지
안에
적힌
블레이크의
시를
감복을
하고

이랬었지 "Sooner murder an infant in its cradle
than nurse unacted desire." 이것이 무슨 뜻인지

여름밤

지상의 소음이 번성하는 날은
하늘의 소음도 번쩍인다
여름은 이래서 좋고 여름밤은
이래서 더욱 좋다

소음에 시달린 마당 한구석에
철 늦게 핀 여름 장미의 흰 구름
소나기가 지나고 바람이 불듯
하더니 또 안 불고
소음은 더욱 번성해진다

사람이 사람을 아끼는 날
소음이 더욱 번성하다 남은 날
사람이 사람을 사랑하던 날
소음이 더욱 번성하기 전날
우리는 언제나 소음의 2층

땅의 2층이 하늘인 것처럼
이렇게 인정(人情)의 하늘이 가까워진
일이 없다 남을 불쌍히 생각함은
나를 불쌍히 생각함이라
나와 또 나의 아들까지도

사람이 사람을 사랑하다 남은 날
땅에만 소음이 있는 줄 알았더니
하늘에도 천둥이, 우리의 귀가
들을 수 없는 더 큰 천둥이 있는 줄
알았다 그것이 먼저 있는 줄 알았다

지상의 소음이 번성하는 날은
하늘의 천둥이 번쩍인다
여름밤은 깊을수록
이래서 좋아진다

소음에 시달린 까닭 한 구석에

철늦게 된 여름 장미의 흰 구름

소나기가 지나고 바람이 불듯

하나 뚝 안 불고

소음은 더욱 번성해 진다

신랑이 신랑을 아지는 날

소음이 더욱 번성하던 날은 날

신랑이 신랑을 신랑하던 날

소음이 더욱 번성하기 전날

地上의 소음이 변성하는 날은

하늘의 소음도 변격인다

여름은 이래서 좋고 여름밤은

이래서 더욱 좋다

태백산맥

전장 6000킬로의 기분 나쁜 현실이
강아지풀 위에서 눈망울을 잃고
아시아의 둘째 발가락의 주근깨를
설악산이라고 여름과 겨울을 타서 고작
피서나 스키를 타러 가는 파리에 다녀온
아가씨들은 이것이 누구의 산인지 모르오
누구의 강릉인지 누구의 경포댄지
누구의 월정사인지 모르오

우리의 눈에는 오대산보다도 미스 리의 얼굴이
더 크게 보이고 당신의 호르몬의 정자가 더 크게 보이고
증오가 더 크게 보이고
나는 그 증오를 넘어서려고 제미니 10호의
너무 높은 고도에서 금강산을 보오
내 고향은 함경도요, 고성이요
그러나 태백산의 기분 나쁜 현실이 싫어서
고향을 속이고 있소

우리에겐 태백산을 위한 8분간의 정신 집중조차
없소 우리는 서양 사람들이 태백산이 좋다고
해야 좋다고 하오 프리타민은 피요 국산 플라즈마는
믿지 않소 한독제약이나 파이자회사의 특약점

것은 반쯤 믿겠지 사실 그럴 수밖에 없을
거요 정량이 다 들어 있지 않소 그처럼
태백산도 8할의 정량이 있으면 사기를
안 하게요 아니면 나라가 인정한 공인된 사기요

금강산은 너무 멀지 우리는 옆의 집도 못 가는데
식모도 사랑하지 못하는데 서울 안에서는
절망의 비어홀밖에 볼 게 없지 서울을 태백산으로
옮깁시다 바랭이 바랭이 참바랭이 들숲
속으로 옮깁시다 변절자나 패잔병들처럼
알제의 변절자나 태평양의 패잔병들처럼
소금만 핥고 사는 법을 배웁시다

가짜 소금이 나오는 날까지 아카시아꽃 꿀은
먹지 맙시다 트럭은 세를 얻어 강원도 일대로 꽃을
따라 다니다가 두 파운드짜리 양키 깡통에 담은
꿀을 도둑 맞았소 자유당 때요 그 얘기는
그만둡시다 우리는 모두가 양심의 발판을 잃었소
태백산맥을 도둑질하고 있다는 거요

아아 고향 766킬로 상공에서 보는 고향
내 고향을 도둑질하는 놈이 나요 이 우주

정류장의 미치광이버섯 같은 소파 위에서
나는 나를 체포하오
고향이 움직이지 않고 호박벌이 움직이지 않고
공간이 움직이지 않고 내 욕심이 움직이지 않
을 때―이때요 이때가 시간이요

이 시간을 위해서 시간의 연습을 합시다
태백산맥이 태백산맥이 아니 될 때를 위해서
태백산맥의 노래의 연습을 합시다
4분지 4박자 고도 800미터의 유치한 계명
의 노래, 이 더러운 노래

엔카운터지(誌)

빌려 드릴 수 없어. 작년하고도 또 틀려.
눈에 보여. 냉면집 간판 밑으로 —육개장을 먹으러—
들어갔다가 나왔어 —모밀국수 전문집으로 갔지 —
매춘부 젊은 애들, 때 묻은 발을 꼬고 앉아서
유부우동을 먹고 있는 것을 보다가 생각한 것
아냐. 그때는 빌려 드리려고 했어. 관용의 미덕
그걸 할 수 있었어. 그것도 눈에 보였어. 엔카운터
속의 이오네스코까지도 희생할 수 있었어. 그게
무어란 말야. 나는 그 이전에 있었어. 내 몸. 빛나는
몸.

그렇게 매일을 믿어 왔어. 방을 이사를 했지. 내
방에는 아들놈이 가고 나는 식모아이가 쓰던 방으로
가고. 그런데 큰놈의 방에 같이 있는 가정 교사가 내
기침 소리를 싫어해. 내가 붓을 놓는 것까지
자리에서 일어나는 것까지 문을 여는 것까지 알고
방어 작전을 써. 그래서 안방으로 다시 오고, 내가
있던 기침 소리가 가정 교사에게 들리는 방은 도로
식모아이한테 주었지. 그때까지도 의심하지 않았어.
책을 빌려 드리겠다고. 나의 모든 프라이드를
재산을 연장을 내드리겠다고.

그렇게 매일을 믿어 왔는데, 갑자기 변했어.
왜 변했을까. 이게 문제야. 이게 내 고민야.
지금도 빌려줄 수는 있어. 그렇지만 안 빌려줄 수도
있어. 그러나 너무 재촉하지 마라. 이 문제가 해결
되기까지 기다려 봐. 지금은 안 빌려주기로 하고
있는 시간야. 그래야 시간을 알겠어. 나는 지금 시간
과 싸우고 있는 거야. 시간이 있었어. 안 빌려주
게 됐다. 시간야. 시간을 느꼈기 때문야. 시간이
좋았기 때문야.

시간은 내 목숨야. 어제하고는 틀려졌어. 틀려
졌다는 것을 알았어. 틀려져야겠다는 것을 알
았어. 그것을 당신한테 알릴 필요가 있어. 그것
이 책보다 더 중요하다는 걸 모르지. 그것을
이제부터 당신한테 알리면서 살아야겠어 —그게
될까? 되면? 안 되면? 당신! 당신이 빛난다.
우리들은 빛나지 않는다. 어제도 빛나지 않고,
오늘도 빛나지 않는다. 그 연관만이 빛난다.
시간만이 빛난다. 시간의 인식만이 빛난다.
빌려주지 않겠다. 빌려주겠다고 했지만
빌려주지 않겠다. 야한 선언을
하지 않고 우물쭈물 내일을 지내고

모레를 지내는 것은 내가 약한 탓이다.
야한 선언은 안 해도 된다. 거짓말을 해도
된다.

안 빌려주어도 넉넉하다. 나도 넉넉하고,
당신도 넉넉하다. 이게 세상이다.

(1966. 4. 5)

엔카운터 誌

빌려 드릴 수 없어. 작년 하고도 또 틀려.

눈에 보여. 냉면집 간판 밀으로— 육개장을 먹으러

들어 갔다가 나왔어— 모밀국수 전문 집으로 갔지—

매춘부 처럼 애들, 때 묻은 발을 꼬고 앉아서

유부우동을 먹고 있는 것을 보다가 생각한 것

아냐. 그때는 빌려 드릴려고 했어. 寬容의 미덕

그걸 할수 있었어. 그것도 눈에 보였어. 엔카운더

김수영

新丘文化社原稿用紙

속의 이오비스꼬까지도 희생할 수 있었어. 그게

무어란 말야. 나는 그 이전에 있었어. 내몸. 빛나는

그렇게 매일을 맡어 왔어. 방을 이사를 했지. 내

방에는 아들놈이 가고. 나는 식모아이가 쓰던 방으로

가고. 그런데 큰 놈의 방에 같이 있는 가정교사가 내

가침 소리를 싫어해. 내가 붓을 놓는 것까지

자리에서 일어나는 것까지 문을 여는 것까지 알고

防禦作戰을 써. 그래서 안방으로 다시 오고. 내가

폭포

폭포는 곧은 절벽을 무서운 기색도 없이 떨어진다

규정할 수 없는 물결이
무엇을 향하여 떨어진다는 의미도 없이
계절과 주야를 가리지 않고
고매한 정신처럼 쉴 사이 없이 떨어진다

금잔화도 인가도 보이지 않는 밤이 되면
폭포는 곧은 소리를 내며 떨어진다

곧은 소리는 소리이다
곧은 소리는 곧은
소리를 부른다

번개와 같이 떨어지는 물방울은
취할 순간조차 마음에 주지 않고
나타(懶惰)와 안정을 뒤집어놓은 듯이
높이도 폭도 없이
떨어진다

(1957)

102

푸른 하늘을

푸른 하늘을 제압하는
노고지리가 자유로웠다고
부러워하던
어느 시인의 말은 수정되어야 한다

자유를 위해서
비상하여 본 일이 있는
사람이면 알지
노고지리가
무엇을 보고
노래하는가를
어째서 자유에는
피의 냄새가 섞여 있는가를
혁명은
왜 고독한 것인가를

혁명은
왜 고독해야 하는 것인가를

(1960. 6. 15)

김수영의 젊은 시절

꽃이 피면 벌써 다른 세상이기에 아직은 '글자'로만, 다시 말해서
개념으로만 존재하는 이 꽃. 확연히 보이는 듯하지만, 그러나 떨리며
사라질 것 같은 이 글자의 꽃을 모든 방향에서 살핀다는 것은
얼마나 초조한 일인가. 이 삶을 불태워 버리는 게 얼마나 "싫은"
일이며, 미지의 신비를 향해 우리의 생명 전체를 내던진다는 게
얼마나 위험한 일인가.

— 문학평론가 황현산

깨어 있던 시대의 양심

이영준

김수영은 1921년 11월 27일, 서울 종로2가 관철동 158번지에서 아버지 김태욱과 어머니 안형순이 낳은 8남매의 장남으로 태어났다. 천석꾼으로 알려진 유복한 집안이 애타게 기다리던 장남이 김수영이었다. 김수영의 큰아버지는 아들이 없었으므로 집안의 장손이나 다름없었던 김수영은 조부의 사랑과 비호 아래 집안사람 전체로부터 귀염을 받으며 자랐다. 그는 당시로선 드물게 유치원에 다녔고 계명서당에서 한문을 익히기도 했다.

명석한 학생으로 어느 학교에서든 교사의 사랑을 받았던 김수영은 요즘의 초등학교인 어의동보통학교에서 1학년부터 6학년까지 내내 반에서 성적 1등과 반장을 도맡아 했다. 하지만 성격이 활달하지는 않고 내성적이어서 가까운 친구 몇몇과 어울릴 때 외에는 방에 틀어박혀 독서를 하는 편이었다. 병약한 그는 어의동공립보통학교를 졸업할 무렵 장티푸스를 심하게 앓고, 폐렴과 뇌막염까지 겹쳐 1년간 요양하였다. 그 여파로 경기도립상업학교 입학시험에 실패하고 1935년 선린상업학교 전수과로 진학했다. 1937년 발행된 선린상업학교의 교지 《청파》에는 김수영이 일본어로 쓴 시가 두 편 실려 있다. 「풍경」, 「떠오르는 해」, 이 두 편의 시는 김수영이 밝은 앞날에 대한 벅찬 희망을 가진 청소년이었음을 잘 보여 준다.

전수과 3년을 거쳐 진학한 선린상업학교에서 김수영은 영어 공부에 힘을 기울여 오스카 와일드의 희곡을 원어로 암송하기도 하였다. 당시 김수영은 엄청난 집중력으로 공부해서 모든 과목에서 탁월한 성적을 보였다고 한다. 미술이나 주산에도

재능을 보여 주산경연대회에 나가 상을 받기도 했다. 김수영은
선린상업학교를 졸업하고 1942년 초에 도쿄로 건너간다.

도쿄에서 도쿄상대에 재학중이던 친구 이종구와
같은 하숙집에서 지내면서 김수영은 대학 진학을 위해
조호쿠예비학교를 입학했다가 얼마 후 포기하고 미즈시나
하루키가 설립한 연극연구소를 다니며 연극연출을
공부하였다. 2년 정도의 도쿄 체류 기간은 김수영의 자유로운
정신이 성숙해진 시기였다. 김수영은 미즈시나 하루키의
연극연구소가 제공하는 자유로운 지적 분위기에 영향 받으면서
스타니슬랍스키의 연출론을 깊이 공부했고, 연극, 문학, 예술,
철학 분야에서 집중적으로 탐독의 시간을 가질 수 있었다.

또한 일본의 문학잡지를 읽고 출중한 영어 실력으로 영미
문학원서를 구입해서 읽으면서 시 습작에도 정성을 쏟았다. 당시
김수영의 습작시는 남아 있지 않으나 같은 하숙집에 있었던 친구
이종구에 의하면 초현실주의 풍이었다고 한다. 김수영의 산문에
등장하는 예이츠, 엘리엇, 오든, 스펜서 등의 영미 시인들과
니시와키 준사부로, 미요시 다쓰지, 무라노 시로 등의 현대 일본
시인들의 시세계에 대한 독서도 주로 이 기간에 이루어진 것
같다.

1944년 초, 같이 하숙하던 이종구가 강제징병으로 체포되어
서울로 압송되자 김수영은 몇몇 유학생들과 함께 징병을 피해
도쿄 변두리를 전전하다가 열차를 타고 시모노세키로 향했다.
시모노세키에서 관부연락선을 타고 현해탄을 건너던 김수영의
짐은 고리짝에 가득 든 책이 전부였다. 식구들이 모두 만주로
떠난 서울에 돌아온 김수영은 어려서부터 돌봐 준 고모네에 짐을
풀었다.

서울의 문화계는 일제 말기의 살벌할 분위기 속에서
얼어붙어 있었다. 김수영은 미즈시나 하루키 연극연구소
출신인 연극연출가 안영일을 찾아가 그의 연극연출을 도우면서

얼마간의 시간을 보낸다. 당시 안영일은 조선연극협회가 개최하는 연극경연대회에서 연거푸 연출상을 수상한 연극계의 스타였다. 그해 말, 길림으로부터 서울에 다니러 온 어머니를 따라 김수영은 만주로 간다. 길림산업무역부에 취직한 김수영은 낮에는 출근해 일하고 밤에는 조선인 청년들과 연극 연습을 했다. 1945년 여름, 「춘수와 함께」라는 연극에 김수영은 신부 역을 맡아 출연했다.

해방이 되어 서울로 돌아온 김수영은 좌우가 공존하여 충돌하는 어지러운 해방 정국 속에서 문화계에 발을 들여놓아 폭넓은 교류를 했다. 안영일, 박상진과 함께 임화가 이끌던 좌익문화운동에도 관여했고 조연현이 편집하는 《예술부락》에 「묘정의 노래」를 발표하기도 했다. 나중에 김수영은 "당시의 나의 자세는 좌익도 아니고 우익도 아닌 그야말로 완전 중립이었지만, 우정 관계가 주로 작용해서, 그리고 그보다도 줏대가 약한 탓으로 본의 아닌 우경 좌경을 하게 되었다고 생각된다."고 썼다. 이 시기에 김수영은 박인환을 만나고, 박인환과 자신의 예술적 스승이라고 할 만한 초현실주의 화가 박일영도 만났다. 그리고 연극을 버리고 문학 쪽으로 전향하게 되었으며, 김병욱 같은 시우를 만났고 박인환을 통해 만나게 된 김경린, 임호권, 양병식 등과 함께 『새로운 도시와 시민들의 합창』을 펴냈다. 「연극하다가 시로 전향: 나의 처녀작」이란 산문에서 김수영은 이 시기에 발표한 작품에 대해 부끄러워하며 애써 낮추어 평가했다. 그래서 김수영 스스로 유일하게 「거리」라는 작품을 자신의 처녀작으로 내세웠는데, 그 작품이 실렸던 《민주경찰》 해당호는 아직 발견되지 않고 있다.

해방기 서울에서 김수영은 문화계의 새로운 친구들을 사귀는 한편 친구 이종구와 함께 영어학원을 차려 영어강사를 하기도 했다. 그리고 번역이나 통역 일을 하거나 박일영과 간판을 그리기도 했다. 김수영이 김현경과 결혼한 것은 1950년

4월이었다. 그들은 결혼식을 올리지 않고 반지도 교환하지 않았으며 신혼여행도 가지 않고 돈암동에 집을 얻어 신혼살림을 시작하였다. 세상이 지키는 형식적 의례를 과감히 무시하고 결혼에 돌입한 젊은 예술가의 행동이었다. 김수영은 서울 간호학교에 영어강사 자리에 취직되어 생활비를 벌며 신혼 시절을 보내던 중, 6·25전쟁이 발발했다.

김수영은 월북했다가 서울 점령과 함께 나타난 친구 김병욱을 만났고 임화, 김남천, 안회남을 만났다. 피란 가지 못하고 서울에 남았던 다수의 문화인들이 체포된 상황에서 김병욱의 권유로 문학가동맹에 나갔고 강제적인 징병을 거부할 수 없었던 김수영은 8월 3일에 의용군의 일원으로 징집되었다. 그로부터 두 달 후, 평남 개천군 중서면 북원리의 훈련소에서 탈출을 시도했다 체포되어 죽음의 고비를 넘겼던 김수영은 두 번째 탈출 시도에서 성공하여 서울로 돌아왔다. 하지만 집에 도착하기 전, 충무로에서 체포되어 잔혹한 고문을 받은 뒤 포로수용소에 수감되었다.

한국전쟁은 김수영의 의식 세계에 깊은 영향을 남겼다. 훈련소에서 받은 학대와 탈출 시 겪은 죽음의 공포, 서울로 돌아와 체포된 후 겪은 일들, 그리고 포로수용소에서 좌우 포로들의 끔찍한 충돌과 사상자 발생 현장을 경험한 김수영은 그것을 "꿈같은 일"이라고 썼고 "세계의 그 어느 사람보다도 비참한 사람"이 된 경험이었다고 썼다. 이러한 전쟁의 경험은 다수의 한국인들이 경험한 것이었지만, 그 경험을 어떤 식으로 받아들이고 그것은 다시 어떻게 표현하였는가를 두고 보면, 한국전쟁을 표현한 다른 문학인들과 다른 김수영의 독특한 문학사적 지위가 드러난다. 한국전쟁을 미소냉전의 대리전으로 파악하는 경우, 한국전쟁의 비참은 그 당사자로 하여금 피해자로 자신을 규정하게 된다. 한국전쟁에 관한 많은 문학 작품이 전쟁의 비참을 그리고 평화를 희구하지만 그 상황에서 한국인은 주체가 아니라 객체의 상태로 묘사했다.

하지만 김수영은 얼핏 보기에 자신의 의사와 상관없이
벌어진 이 사태를 두고, 그 자신이 선택하여 만들어 가는 현실을
찾아내고, 그러한 주체의 관점을 견지하는 표현을 찾아낸다.
전쟁의 경험과 포로수용소의 생활은 김수영에게 '자유'의
의미를 뼛속 깊이 각인시키는 계기가 되었다. 1952년 겨울,
민간인 억류자의 일원으로 석방된 후 그는 부산에서 박인환,
조병화, 김규동, 박연희, 김종문, 김종삼 등과 재회한다. 그리고
《자유세계》편집장이었던 박연희의 청탁으로 「조국으로 돌아오신
상병포로 동지들에게」라는 시를 썼으나 발표되지 않았다. 친구
박태진의 주선으로 미8군 수송관의 통역으로 취직하지만 곧
그만두고, 모교인 선린상업학교 영어교사로 일했다.

　1954년에 서울로 돌아온 김수영은 주간《태평양》에 근무하게
되었고 전쟁으로 헤어진 부인과 전쟁 중 태어난 장남을 만나
성북동에서 다시 가정을 꾸렸다. 1955년에는 평화신문사 문화부
차장으로 직장을 옮겨 6개월 정도 근무했다. 1955년 6월에는
마포구 구수동으로 이사하면서 직장을 그만두고 번역 일을
하면서 양계를 했다. 번역은 그의 생계에 도움을 주기도 했지만
스스로 "내 시의 비밀은 내 번역을 보면 안다."고 할 만큼 번역 일
자체에 의미를 두고 진지한 태도로 임했다. 번역은 그에게 세계로
열린 창이었고 답답한 현실을 벗어나 영미의 문학인들과 함께
문학의 세계를 공유하며 새로운 가능성을 탐구하는 통로였다.
한강이 내다보이는 이 집에서 보낸 얼마간의 시간은 전쟁으로
지친 김수영의 몸과 마음을 안정시킨 기간이었다. 안수길, 김이석,
유정, 김중희, 최정희 등과 가까이 지냈다.

　1957년 말, 전후 최초로 결성된 한국시인협회에서 주관하여
선정한 1회 한국시인협회상을 수상했다. 당시 이 상의 수상자
결정 과정이 신문에 상세히 보도되는 등 문단의 관심이
집중되었고 서정주, 유치환, 신석정, 김현승 등 당시의 쟁쟁한
시인들을 제치고 시집 한 권 출판한 적 없는 김수영이 수상하여

화제가 되었다. 이 상의 수상을 계기로 시집을 내기로 결심하고,
『달나라의 장난』을 준비했으나 사정이 여의치 않아 1959년에야
발간되었다. 시집 『달나라의 장난』은 김수영 생전 출판된
처음이자 마지막 시집으로, 이 시기의 시들은 바로 살고자 하는
의지와 그것을 불가능하게 하는 현실 사이의 갈등과 슬픔의
극복이 중심적인 내용을 이루고 있다.

1960년 봄, 김수영의 시적 세계를 변화하게 만든 큰 사건이
발생한다. 바로 3·15부정선거와 4·19혁명이 그것이다. 통제와
억압의 시대, 자유를 갈구하는 학생들과 민중의 목소리가 거리를
가득 메웠던 그때, 시인은 "하늘과 땅 사이에서 통일", 즉 자유를
느꼈다. 「푸른 하늘을」이라는 시에서 김수영은 "자유를 위해서
비상하여 본 일이 있는 사람이면 알지 / 어째서 자유에는 피의
냄새가 섞여 있는가를 / 혁명은 왜 고독한 것인가를"이라고 쓴
것은 자신의 체험에서 나온 표현이었다.

4·19 이후 김수영의 시는 현실에 대한 자기주장을 적극적으로
표현했다. 한편 4·19혁명을 통해 자유의 참뜻을 현실적으로
체득했던 그는 4·19혁명이 군사정권에 의해 좌절되는 것을
보며 깊은 회의에 빠지기도 했지만, 자유에 대한 불굴의 의지는
조금도 꺾이지 않았다. 김수영의 산문은 그의 시에 못지않은
명문으로 꼽힌다. 특히 「시여, 침을 뱉어라」는 독자에게 시에 대한
생각을 새롭게 일깨우는 시론이자, 인식의 틀을 깨는 혁신적인
시론으로 평가 받고 있다. 이러한 시론에서 김수영은 예술로서의
시와 구체적 현실을 일치시키는 시를 주장했다. 시인은 현실에서
불가능한 꿈을 추구하지만, 시가 되는 순간 그 꿈은 가능한
현실로 바뀐다. 독자는 그 시로부터 새로운 현실을 보고 느끼게
된다. 이러한 새로움을 보여 주는 시의 언어야말로 진정한
아름다운 우리말이며 이러한 새로움을 만들어 내는 것이 시인의
임무라고 김수영은 주장했다.

자기반성과 폭로, 사회 현실에 대한 맹렬한 비판을 통해

현실참여와 사회정의를 부르짖었던 김수영은 1968년 6월 15일 불의의 교통사고로 48세의 짧은 생을 마감했다. 마포 버스종점에서 출발한 버스의 운전사는 가로등이 없는 컴컴한 길을 걷는 시인을 보지 못했다. 김수영 사후 조연현이 주도하여 먼저 간 시인을 추모하고 그의 정신을 기리기 위해 사망 1주기를 맞아 서울 도봉산 기슭에 시비를 세웠다. 문인들과 독자들로 구성된 290여 명의 사람들이 십시일반 모아 만든 성금으로 건립된 김수영의 시비에는 1970년대 민중시의 길을 열게 한 김수영의 대표작이자, 그의 마지막 작품 「풀」이 새겨져 있다.

김수영 사후, 그의 작품들은 시간이 지남에 따라 더욱더 독자들의 사랑을 받고 연구자들의 집중적인 조명을 받은 현상이 벌어졌다. 1974년에 발간된 시선집 『거대한 뿌리』는 발간 이래 몇십 년간 중판을 계속하여 1982년 발간된 『김수영 전집』과 함께 한국 출판계의 희유한 롱셀러가 되었다. 그리고 젊은 시인들이 가장 존경하는 선배 시인으로 김수영을 꼽고 지식인들이 존경하는 선배 지식인으로 김수영을 지목하는 '김수영 신화'가 생겨났다. 2001년에 금관문화훈장이 추서되었고, 2014년에는 도봉구 방학동에 김수영문학관이 건립되었다. 김수영의 문학은 지금도 새로운 세대에 의해 재해석되면서 진화를 계속하고 있다.

"시는 나의 닻[錨]이다."

꽃의 시학, 혁명의 시학

이영준

　김수영은 해방 후 한국시에 새로운 방향을 제시한 시인이다. 그에게 시는 일상에서 벗어난 고상한 예술이 아니라 현실과 싸우는 양심의 산물이었다. 그에게 예술은 인생의 아름다운 순간을 사후적으로 장식하는 치장이 아니라 삶의 새로운 면모를 발견하는 방법이자 행위 그 자체였다. 그는 문학과 사회 현실과 자기 자신의 삶을 일치시키기 위해 줄기차게 노력했다. 사소한 개인의 일상에서부터 정치 현실까지 다양한 소재가 그의 시에서 새로운 표현을 얻었다. 그가 사용한 어휘는 보통 사람들의 일상어였고 특유의 반복 기법으로 독자적인 리듬을 만들어 내었다. 난해하면서도 새롭고, 엉뚱하면서도 현대적인 언어를 구사한 그의 시는 1960년대 이후 후배 시인들에게 큰 영향을 미쳤다.

　김수영의 시세계는 흔히 정치적인 참여시로 묘사되곤 한다. 1960년대, 특히 4·19 직후의 격렬한 현실참여시 외에도 작고하기 직전에 이어령과 논변을 주고받았던 순수참여 논쟁은 김수영의 시세계를 정치적 참여시로 이해하는 데 결정적으로 기여했다. 하지만 그것은 손쉬운 단순화이면서 김수영 시세계의 일면을 과장해서 일반화하는 독법이다. 사회정치적 참여는 국가보안법의 적용을 받을 수도 있는 독재정권 치하에서 사회정치적 발언을 감행한 김수영의 문학 활동은 그 자체로 평가할 만한 가치가 충분하지만, 김수영의 문학 세계는 그 범위를 넘어서는 의미를 풍부하게 가지고 있다.

　특히 강조되어야 할 것은 20세기 초반부터 중반을 거치면서 한국 사회가 경험한 사회 변화의 역사적 맥락, 즉 식민지로부터의 해방과 새로운 근대국가 수립이라는 사회역사적 과제와 실천을 김수영 문학에서 발견할 수 있다는 점이다. 전에 없던 새로운 세계를 만든다는 과제 앞에서 시의 비전을 고민한 김수영 시의 특징은 서정주나 청록파의 시와 비교하면 잘 드러난다. 그들의 서정적인 시가 사물과의 일정한 서정적 거리를 유지하면서 미학적 구도로 사물을 형상화하는 로맨티시즘에 가깝다고 할 수 있다면 이에 비해 김수영의 시는 시시콜콜한 일상 현실의 세부를 드러내면서 그 사물과 주체의 관계가 직접적으로 드러나게 만드는 리얼리즘의 세계라고 할 수 있다.

김수영의 리얼리즘은 단순히 현실 반영적 리얼리즘이 아니라 자신이 속한 세계를 스스로의 힘으로 만들어 내어야 한다는 역사적 책무를 스스로에게 부과하고 있다. 김수영이 그의 대표적인 시론 「시여 침을 뱉어라」에서 가장 강조하는 것은 시가 미지의 세계, 새로운 세계의 탄생과 함께한다는 점이다. 아직 태어나지 않은 세계가 탄생하는 순간에 관여하는 것이 시라는 김수영이 가진 시에 대한 정의는, 인간의 의식상 존재할 수 있는 가장 이상적인 세계에 대한 가장 급진적 태도로 드러날 수밖에 없다.

문학하는 사람이 '이만하면'이라는 말을 사용할 수 없으며 그런 말을 하는 사람은 문학인이 아니라거나 "김일성 만세"를 할 수 있어야 언론 자유가 시작될 수 있다는 태도는 급진적인 관점에서 나오는 언명이다. 이러한 급진성은 현실적 충돌의 가능성 때문에 정치적인 급진성만이 돋보이게 된다. 하지만 김수영 시의 비전은 종교적 구원을 포함하여, 순간 순간 새로이 나타나는 미지의 세계를 보여 주는 데 집중된다. 김수영의 시는 때로 암담한 현실을 비판하는 리얼리즘의 시였지만 더 자주 구원의 시이고자 했다. 그는 모든 진정한 시는 구원의 시라고 말했다. 그 말은 인간이 가진 꿈과 감정이 희구하는 세계를 드러내는 길이 시의 책무임을 제시하고 폭좁게 정의된 리얼리즘을 넘어서 인간이 거주하는 세계를 새로이 상상하려는 거대한 비전을 보여 준다.

시에 대한 김수영의 이러한 태도는 그의 시세계 전반에 일관되어 나타나며 그러한 태도가 가장 분명하게 나타나는 시적 이미지는 '꽃'이다. 김수영 시 전체에서 가장 빈도가 높은 일반명사는 '사람'으로 114회 사용되었으며, 두 번째로 많이 사용된 명사가 '꽃'으로 112회 사용되었다. 2003년 판 전집에서 세어 보면 '꽃'이라는 한글 표기는 모두 92회 사용되었다. '금잔화'나 '구라중화'처럼 한자 꽃 '화'를 포함하는 어휘는 모두 8회이며, 전집 발간 이후 발견된 「연꽃」을 포함하면 모두 112회 사용되었다. '꽃'이라는 어휘를 직접 사용한 시는 「공자의 생활난」, 「조국에 돌아오신 상병포로 동지들에게」, 「너를 잃고」, 「구라중화」, 「긍지의 날」, 「꽃」, 「꽃2」, 「반주곡」, 「기도」, 「반달」, 「거위소리」, 「장시1」, 「깨꽃」, 「미역국」, 「H」, 「설사의 알리바이」, 「꽃잎」, 「연꽃」 등이며, 한자로서 '꽃화'[花]를 사용한 시는 「묘정의 노래」, 「연기」, 「폭포」, 「말복」 등이다. 이러한 열거를 통해 알 수 있는 것은 김수영의 시세계에서 초기 시부터 후기에 이르기까지 꽃은 지속적 탐구의 대상이라는 사실이다. 그러므로 우리는 김수영 시에서 '꽃'이 어떤 의미를 가지는지, 자유와 사랑과 죽음 등 김수영의 시세계에서 핵심적 관념으로 간주되어 온 개념들과의 관계를 작품 세계 전체를 참조하며 검토해야 한다.

사전에 의하면 꽃의 첫 번째 정의는 '종자식물의 번식기관'이다. 꽃은 꽃을 피우는 행위에 의해 다음 세대를 만들어 낸다. 바로 그런 이유 때문에 김수영은 그것을 예수 그리스도가 된 듯한 착각에 비유할 수 있었다. 자유는 죽음에 의해 생성되는 미지의 가능성으로 열린다. 그러므로 삶과 죽음이 교차하는 장소로서의 꽃, 기존의 것이 죽고 새로운 삶이 탄생하는 순간을 표현하는 사태, 이 표상은 김수영이 말하는

시의 핵심적 존재 이유, 없던 세계가 새로이 탄생하는 시의
본질을 상징한다.

「조국에 돌아오신 상병포로 동지들에게」에서 수수께끼 같은
구절로 불쑥 나타나는 구절, '꽃같은' 정성을 지니고 밥을
먹고 옷을 입고 꽃을 이마 위에 동여매고 꽃같이 사랑하는
동지들과 함께 싸운 것, 그것은 그 시의 6연에서 밝힌 대로
생존을 다투는 현실의 관점에서 보면 '너무나 순진한 일'이다.
그것은 예수 그리스도나 할 법한 신성한 행동일지도 모른다는,
너스레처럼 들릴 수도 있는 의미부연이 뒤따른다. 전쟁터에서
항시적으로 죽음을 의식하는 것은 자연스런 일이다. 그 죽음이
새로운 세계의 탄생을 위한 것이라면, 그리고 그 새로운 세계가
고귀한 가치를 지닌 것이라면 그것은 꽃이라고 불릴 만하다.
그러므로 김수영에게 꽃이란 항시 죽음과 그 죽음이 가져오는
단절(「사랑의 변주곡」에서는 '간단(間斷)'이라고 표현되어
있다.)이 새로운 연속으로 이어진다. 산문 「나의 연애시」에서
김수영은 '사랑 반 죽음 반'이라는 표현을 하고 있는데, 여기서
사랑이 연속을, 죽음이 단절을 의미한다면 이 사랑의 연속과
죽음의 단절을 교차시켜 만나게 하는 지점에 꽃이 배치된다고 할
수 있다.

문학 작품에서 꽃이 이렇게 죽음과 연관된 선례는 의외로 많지
않다. 한국문학사에서 우리는 김소월의 「진달래꽃」을 유사한
예로 들 수 있다. 이 시에서 화자는 꽃을 뜯어 길바닥에 뿌린다.
현재의 사랑은 맺어진 꽃봉오리처럼 아름답지만 떠나가는
사랑은 뜯어져 길바닥에 뿌려진 꽃잎처럼 곧 흩어진다. 화자가
길바닥에 꽃을 뿌리는 행위는 곧 사랑의 죽음, 혹은 자신의
죽음을 가리키고 있다. 꽃을 밟고 가라는 이 요구는 나의 죽음을
발로 밟고 가라는 요구로 읽힐 수도 있다. 하지만 일반적으로
한국문학에 나타나는 꽃은 '아름다움'의 상징으로 쓰일 뿐, 그
아름다움의 근거는 통상 제시되지 않는다. 기껏해야 꽃은 곧

지기 때문에, 영속하지 않는 것이기에 아름답다는 것이 널리 퍼진 설명일 것이다. 김수영은 여기에서 한 발 더 나아가, 자신의 실존과 시대 상황에 의미를 부여하는 꽃의 사상을 자신의 시세계에서 발전시키고 있다.

　김수영의 시에서 꽃 이미지가 나타나는 것은 시작 활동을 시작하는 것과 동시였다고 말할 수 있다. 시전집 초두에 실린 「묘정의 노래」와 「공자의 생활난」에서부터 꽃의 이미지가 죽음과 함께 나타나는 것은 매우 의미 있는 현상이다. 「묘정의 노래」가 시 자체의 난해성 때문에 연구자들의 주목을 그다지 받지 못했지만 죽은 자를 모신 사당을 장식하고 있는 꽃의 이미지와 인간의 언어가 아니라 짐승의 소리가 들려오는 이미지는 김수영 시세계 전반을 지배하는 이미지로서 주목할 만하다. 그 시에 이어 수많은 연구가 김수영 시의 출발점으로 보는 「공자의 생활난」에서 "꽃이 열매의 상부에 피었을 때"라는 구절은 무수한 해석 시도에도 불구하고 아직도 미궁에 놓여 있다.

　이러한 꽃의 존재 양식이 좀 더 정돈된 표현을 얻은 것은 「조국에 돌아오신 상병포로 동지들에게」를 쓰고 난 다음해, 1954년에 쓰인 「구라중화」에서다. '九羅重花'는 한국어사전에 없는 말이다. 일본어사전에도 중국어사전에도 이 말은 나오지 않는다. 즉 김수영이 '글라디올러스' 혹은 당시 표기로는 '구라지오라스'라는 이름을 나름의 해석을 통해 새로 지어낸 말이다. 이 시는 시인이 지닌 꽃의 사상을 표현한 시로서 자신이 전해에 쓴 「조국에 돌아오신 상병포로 동지들에게」에서 사용한 '꽃 같은 밥', '꽃 같은 옷'이라는 표현이 무엇을 의미하는지 좀 더 정련된 표현을 만들어 낸 시다.

　화자는 글라디올러스를 보면서 그 꽃이 물을 먹고 산다고 해도 물이 아니라는 생각을 한다. 치욕스러운 현실에서 살아남은 시인이 치욕스러운 것은 아니다. 왜냐하면 시인의 마음속에서는 '거룩한 발자국 소리'가 울리고 있고, 그가 쓰는 것은 '마지막'

작품이기 때문이다. 그것은 「조국에 돌아오신 상병포로
동지들에게」에서 장 발장이 아무도 들어 주지 않는 호소를
하듯 "누구에게도 보이지 않을 글"이다. 아무도 들어 주지 않는
호소가 '자유의 노래'이었듯이, "누구에게도 보이지 않을 글"이란
시이며 그 시가 바로 「구라중화」이다. 이러한 시의 행간은 죽음의
의미로 가득 차 있다. "눈에 걸리는 마지막 물건이 무엇이냐고
물어보는 듯"한 꽃송이는 시인이 듣는 '거룩한 발자국 소리'가
울리는 가운데 죽음을 넘어선 곳에 피어난다. 죽음을 거듭하는
구라중화는 생사의 필라멘트를 끊어내면서 피어나고, 그
피어나는 행위는 거룩한 것이다. "사실은 멸하여 있을 너의 꽃잎
위에"라는 구절은 「공자의 생활난」에서 사용한 수수께끼 같은
구절, "꽃이 열매의 상부에 피어 있을 때"를 연상시킨다.

　이 시에 뒤이어 1956년에 쓴 「꽃 2」라는 시에서 우리는
꽃이 "중단과 계속과 해학이 일치되듯이" 꽃이 피어오른다는
구절을 만난다. 이 시의 1연에서 "꽃은 과거와 또 과거를
향하여 / 피어나는 것"이란 과거와 결별하여 과거는 중단된다는
뜻으로 읽을 수 있다. 종자에 대해서 말하고 있지 않은 것은
종자의 시간은 미래에 속하기 때문이다. 삶의 시간이 완전한
공허로 돌아가는 순간, 과거와 미래는 연결되어 견고한 계속을
약속한다. 1957년에 쓴 「꽃」이라는 시에서 꽃은 중단과 계속의
상징인 동시에 변화의 상징으로 등장한다. 시인은 얽매여 살지만,
얽매여 사는 일상이 노예의 삶을 강요하고 그 노예의 삶에서
"심연보다도 무서운 자기상실"의 처지에 놓일 때 신은 꽃을 피워
우리에게 어떤 메시지를 보낸다.

　1957년 작인 「말복」에서도 마찬가지 맥락에서 꽃의
이미지는 계속된다. 꽃의 아름다움은 죽음의 빛이다. 물론
꽃은 식물이어서 그 아름다운 색깔이 죽음의 빛인 것을 알
수가 없을 것이다. 하지만 그것은 새로운 세계를 가져다주는
단절이다. 그가 같은 해에 쓴 「파밭 가에서」에서 '붉은 파밭의

푸른 새싹을 보아라 / 얻는다는 것은 곧 잃는 것이다'라고
쓸 때, 그는 그 파밭에서 돋아나는 새싹은 '삶은 계란의
껍질이 / 벗겨지듯 / 묵은 사랑이 벗겨질 때' 돋아나는 새싹이며
죽음의 단절이 가져오는 새로움을 염두에 두고 있다.

　1960년에 들어서 쓴 「파리와 더불어」에서 그는 자신이 '병을
생각하는 것은 / 병에 매달리는 것은 / 필경 내가 아직 건강한
사람이기 때문'이라고 쓰고 그 이유는 '나는 죽어가는 법을 알고
있는 사람이기 때문'이라고 쓴다. 죽음과 삶의 연속은 「피곤한
하루의 마지막 시간」에서 '피곤한 하루의 나머지 시간이 눈을
깜짝거린다 / 세계는 그러한 무수한 간단(間斷)'으로 간명하게
표현되기도 한다. 여기에는 개인성이 사라지는 자리이기 때문에
그는 '오오 사랑이 추방을 당하는 시간이 바로 이때이다 / 내가
나의 밖으로 나가는 것처럼'이라고 쓴다. 그는 자신의 이러한
생각이 '우주의 안개를 빨아올리'는 작업이라고 생각한다.
이러한 죽음과 삶의 간단이 계속되는 질서는 병약한 그에게
'먼 곳에서부터' 몸이 아프다는 진술로 이어진다. 그가 몸이
아픈 것은 마치 겨울이 가고 봄이 오는 것처럼, 능금꽃으로부터
능금꽃으로 연속되는 것처럼, '나도 모르는 사이에' 진행되는, '먼
곳에서부터' 시작된 질서의 이행이다.

　김수영의 시세계에서 지속적으로 행해진 꽃의 탐구가 어떤
절정의 모습으로 나타난 것이 1967년에 쓰인 「꽃잎」 연작이다.
이 연작을 쓰기 전 그는 흔히 대표작의 하나로 거론되는 「사랑의
변주곡」을 썼다. 「사랑의 변주곡」에서 그는 봄이 오는 계절에
변해 가는 산과 들을 보면서 복사씨와 살구씨의 침묵, 그
고요함이 사랑으로 만들어진 것이 아닌가라고 쓴다. 언뜻보면
단절과 중단처럼 보이는 '간단(間斷)도 사랑'이며 '죽음 같은 암흑
속을' '사랑이 이어져 가는 밤'을 알게 되고 '이 사랑을 만드는
기술'은 '눈을 떴다 감는' 기술로서 그것은 연속을 가능하게
하는 중단 혹은 '간단(間斷)'이지만 바로 그것이 프랑스혁명의

기술, 4·19에서 배운 기술이라고 주장한다. 이 혁명은 소리 내어 외치는 곳에 있는 것이 아니라 복사씨와 살구씨의 고요함 속에, 그 아름다운 단단함 속에 내장되어 있다. 복사씨와 살구씨가 싹을 틔우고 3월이 와서 복사꽃과 살구꽃이 만발한 광경을 상상해 보는 것이 '눈을 떴다 감는' 기술이다. 복사꽃과 살구꽃이 만발한 혁명은 복사씨와 살구씨의 고요한 침묵에 내장되어 있다. 이러한 착상이 꽃과 결합되어 하나의 시적 절정에 이른 것이 「꽃잎」 연작이다.

'꽃잎' 연작은 현재 전집에서 1, 2, 3편이 독립된 작품으로 배열되어 있지만 《현대문학》 1967년 7월호에 최초 발표 시에는 '꽃잎'이라는 제목 아래 한 편의 시로 소개되었다. 그러므로 한편의 시로 이해하는 것이 온당하다 할 것이다. 그리고 「꽃잎」 연작 세 편은 혁명이라는 주제 아래 세 파트로 변주된 것으로 읽을 때 김수영이 도달한 꽃의 사상이 전체적으로 파악될 수 있다.

「꽃잎 1」은 지금까지 우리가 봐 온 대로, 꽃이 죽음을 가져오며 그것이 또한 새로운 세상을 가져오는 혁명과 같다는 진술을 드러내고 있다. 이러한 꽃을 피우게 하는 것은 바람이며 이 바람은 자기가 일어서는 줄도 모르고 어디로 가는 지도 모르지만 거룩한 산에 이르러서 꽃으로 피어난다. 「꽃잎 1」에서 우리는 그것이 꽃을 피게 하고 꽃을 떨어뜨리게 한다는 점에 주목하면 된다. 즉 꽃은 이제 죽음으로 바로 연결된다. 꽃은 이제 '임종의 생명'이며 그것이 떨어질 때 바위라도 뭉개고 떨어지는 혁명이 된다. 꽃을 혁명에 연결시키는 이 논법은 지금까지 읽어온 김수영의 꽃의 사상을 이해하면 자연스럽다.

「꽃잎 2」에서 시인은 꽃의 현상학을 펼친다. 김수영이 제시하는 꽃은 김춘수의 꽃과는 판이하게 다르다. 김춘수의 시에서 꽃의 의미는 소중한 존재라는 의미가 미리 주어져 있다. 하지만 「꽃잎 2」에서 드러나는 꽃은 그 의미가 비뚤어졌다가 바로 세워졌다가 다시 비뚤어지는 꽃이다. 그것은 1연에서 '우리의 고뇌', '뜻밖의 일', '다른 시간'을 위해 주어진다. 「꽃잎 1」에서 이미 꽃이 혁명을 의미한다는 사실을 읽은 독자는 우리의 고뇌가 혁명을 고대하는 자의 고뇌이며 다른 시간을 가져오는 뜻밖의 일이 곧 혁명을 가리킨다고 읽을 수 있다. 꽃이 '노란 꽃'으로 구체성을 얻을 때, 그것은 '금이 간 꽃'이 되며 노란 꽃이 "하얘져 가는" 변화를 겪으며 혁명은 "넓어져 가는 소란"이 된다. 이 혁명은 '원수를 지우기 위'한 것이며 우리는 기존의 '우리가 아닌 것'이 되게 하며 이런 '다른 시간'이야말로 거룩한 우연이다.

　「꽃잎 2」의 3연에서 우리는 김수영 특유의 언어 이해를 발견하게 된다. 우리가 사용하는 '꽃'이라는 말이 글자에 불과하다는 것, 그것의 의미는 때로 소음에 불과하며 곧잘 비뚤어지기도 한다. 이 글자는 앞을 보지 못하는 맹인의 것이다. 마지막 4연에서 김수영은 혁명이 꽃일지라도 그 꽃이 현실의 구체성을 얻을 때 그것이 '보기 싫은 노란 꽃'이 될 수도 있다는 사실을 환기시킨다. 이 시에서 주목을 요하는 부분은 꽃이 '주세요'와 '받으세요'의 대구와 반복, 그리고 '잊어버리세요'와 '믿으세요'의 대구와 반복으로 엮여있다는 점이다. 이 반복을 통해 독자는 불안한 판단중지 상태, 일종의 판단불가능 상태에 이르게 된다. 주어가 생략된 문장들은 '주세요'의 행위, 즉 누가 누구에게 주는 것인지 모호하게 만들어 버린다는 점에서 이런 판단불가능의 미정 상태는 배가된다. 이 불안한 의식 상태에서 꽃은 계속 반복되며, 이 동일한 반복은 꽃의 구체적 의미를 지워 내고 소리만이 남게 된다.

　「꽃잎 3」에서 우리는 사회적 현실에 놓인 꽃 앞에 서게 된다. 「꽃잎 1」에서 주제가 제시되었고 「꽃잎 2」에서 꽃에 대한 의미 설정과 폐기와 재설정이 이루어졌다면 현실에서 혁명이 어떤 양상으로 시인의 의식 속에 재구성되는지 드러난다. 「꽃잎 3」에서 열네 살의 소녀 순자 앞에서 시인은 혁명을 기다린다. 이 어린 소녀는 시인의 눈에는 생명력의 최상의 단계에 이른 꽃이다.

순자는 꽃밭에서 피기를 기다리는 꽃과 같다. 지금까지
봐 왔듯이, 꽃이 단절과 계속의 핵심 고리에 놓였던 것과
마찬가지로, 순자는 어린애도 어른도 아니며 "나이를 초월한
것임을" 시인은 보고 있다.

　꽃이라면 그것이 장미든 물에 떨어져 썩은 꽃잎이든 거룩한
것이기 때문에 "황금빛에 닮은" 것이다. 그것이 순자 때문이라고
말하는 시인은 순자가 그러한 거룩한 순간을 체현하고
있는 존재이기 때문이다. 순자가 구현하고 있는 삶의 미래를
생각하노라면 시인은 '썩은 문명'과 '방대한 낭비와 난센스'가
얼마나 가소로운 것인가를 느끼게 된다. 변화가 오고 혁명이
다가오는 순간은 시 자체에서, 시인이 사용하고 있는 시구절
자체가 꽃이 될 때 가능하다. 즉 '여태껏 없었던 세계가 펼쳐지는
충격'(「시여 침을 뱉어라」)은 꽃이란 이미지가 침묵 혹은 죽음에
도달해서 새로운 의미가 탄생할 때 열리게 된다. 「꽃잎3」의
마지막 부분은 시인이 만들어 낸 언어의 꽃이다.

　김수영이 탐구한 꽃의 사상은 꽃이라는 구체적인 사물을
통해서만 구현되는 것은 아니다. 후기에 갈수록 김수영은 꽃의
사상, 죽음의 단절과 사랑의 연속이 교차하는 사고틀을 정립해
나간다. 김수영의 시세계에서 꽃의 사상이 꽃이라는 말을
사용하지 않은 채 미적 형식으로 결정화한 것이 교차배어라고 할
수 있다. 교차배어는 일반적으로 A-B B-A 의 구문형식을 취하며
서구에서는 'chiasmus' 혹은 'chiasm'이란 용어로 지칭된다.
셰익스피어의 「맥베스」에서 마녀들의 대사로 유명한 "Fair is foul.
Foul is fair."이라는 문장이 그 예라고 할 수 있다. "아름다운 것은
추하고 추한 것은 아름답다."는 마녀들의 대사는 맥베스의 운명을
예언한 것으로 유명하다.

　이러한 교차배어는 김수영의 경우 문장과 말의 꽈배기
형상으로 반대되거나 대립하는 두 개념을 뒤섞어 박치기
시키고 대립에 의해 손상되고 고착화된 현재의 의미틀을

깨부순다. 그리고 그 대립을 넘어서는 '또 다른 시간'의 의미를
재탄생시킨다. 꽃과 혁명을 병치시키고 오지 않은 혁명의 시간을
선취하는 드라마를 보여 주는 이 연작의 대미를 장식하고 있는
「꽃잎 3」의 마지막 연은 김수영이 구사한 시적 자유, 온몸의 이행,
언어 작용의 한 절정을 보여 준다. 아우성이 실낱같은 침묵에
이를 때까지, 모든 단어들이 서로 갈마들며 서로에게 반향을
울린다. 몇 번을 반복해 읽어 보면 "의미"의 소음이 사라지고
침묵의 음악이 새로운 의미를 만들어 낸다. 온몸이 감당하는
그 침묵을 김수영은 사랑의 형식이라 부른다. 이 사랑의
형식이야말로 혁명을 예비하는 미적 장치다.

김수영의 시에서 시적인 말과 일상적인 말의 차별이 사라진
것은 주목을 요한다. 김수영의 시가 한국 현대시사에서 차지하는
독특한 지위는 가장 개인적인 내면세계를 그리는 한편 한국의
20세기가 겪은 사회역사적 변화도 동시에 담아내는 시적 언어를
가능하게 만든 데서 찾을 수 있다. 그는 그러한 언어를 한국어
일상어에서 찾았으며 한국의 시인들이 반복적으로 노래한 꽃의
이미지를 새로운 각도에서 형상화하여 지금까지 없었던 새로운
세계가 펼쳐지는 충격을 보여 준다.

20세기 한국인이 처한 서러운 현실을 고스란히 껴안은
김수영의 시는 자유와 사랑의 세계를 꿈꾸었다. 그는 자유가
없는 현실에 분노하고 저항하였다. 그가 추구한 자유는 인류가
추구하는 이상으로서의 자유였다. 자신과 남을 속이지 않으려는
양심과 세상을 바로 보려는 그의 정직은 비속한 현실을 그리기
위해 비속어를 사용했고 불합리한 현실을 고발하기 위해
직설적인 문장을 사용했다. 그의 시 쓰기는 사랑의 작업이었고
자신의 시가 세계사의 전진과 함께하기를 원했다. 내가 움직일
때, 세계는 같이 움직인다. 꽃이 피어나는 것과 같이, 시에서는
전에 없던 새로운 세계가 열린다. 이것이 김수영이 희망한 시의
영광이자 기쁨이었다.

세계시인선 5 꽃잎

1판 1쇄 펴냄 2016년 5월 19일
2판 1쇄 펴냄 2019년 7월 5일
2판 3쇄 펴냄 2022년 8월 16일

지은이   김수영
엮은이   이영준
발행인   박근섭, 박상준
펴낸곳   (주)민음사

출판등록   1966. 5. 19. (제16-490호)
주소   서울시 강남구 도산대로1길 62
            강남출판문화센터 5층 (06027)
대표전화   02-515-2000   팩시밀리 02-515-2007

www.minumsa.com

ⓒ 김수명, 2019. Printed in Seoul, Korea

ISBN 978-89-374-7647-1 (04800)
      978-89-374-7500-9 (세트)

세계시인선